EINAR KÁRASON

OISEAUX DE TEMPÊTE

roman

Traduit de l'islandais
par Éric Boury

BERNARD GRASSET
PARIS

L'édition originale de cet ouvrage a été publiée en 2018
par Forlagið, sous le titre :

STORMFUGLAR

Photo de la jaquette : © Jean Gaumy / Magnum

ISBN 978-2-246-81943-1

Avec tous mes remerciements
à Steinar J. Lúðvíksson

En février 1959, plusieurs chalutiers islandais ont été pris dans une tempête sur les zones de pêche situées au large du Labrador. L'histoire que voici est inspirée de ces événements bien que le récit lui-même et ses personnages obéissent aux seules lois de la fiction.

À première vue, lorsque la glace s'amoncelle sur un navire, il semble impossible de s'en débarrasser : elle a non seulement l'apparence du verre, mais également sa dureté. Or celle qui s'accumule sur notre bateau n'a rien d'une mince pellicule qu'un gamin pourrait briser en y jetant des cailloux, c'est une gigantesque sculpture de cristal, elle enfle et se boursoufle, enfantant toutes sortes de figures qui semblent nées de la main d'un artisan esthète, alors qu'en réalité, elle se contente d'épouser les courbes du navire et, en premier lieu, de tout ce qui se trouve au-dessus de la coque. Les grands hublots de la passerelle de commandement forment de longues lignes bombées qui font penser à des montagnes ou à des pistes enneigées, les tiges d'acier destinées à recevoir les bacs à poisson semblent vouloir se hisser à la hauteur des gratte-ciel d'Amérique, le bastingage n'est plus qu'un mur de glace, les câbles et les haubans, d'ordinaire à peine plus épais que le pouce d'un robuste bosco, ont maintenant la circonférence de canalisations d'égout, les potences à filets installées à bâbord et tribord sont devenues deux gros blocs de verre, tout comme le château et l'ensemble des objets présents sur le pont, parmi lesquels ceux-là mêmes qui sont censés assurer notre salut : les canots de sauvetage. Et puis, il y a cette protubérance à la proue, le gaillard d'avant avec ses treuils et son guindeau, le tout est enfoui sous une épaisse calotte qui ressemble à celle de Bárðarbunga, ce secteur du Vatnajökull où, il y a quelques années, le Geysir avait dû faire un atterrissage d'urgence : les passagers avaient été retrouvés au bout de plusieurs jours, bien vivants, alors que tout le monde ou presque les considérait comme morts[1]. Au printemps suivant,

1. L'accident a eu lieu le 14 septembre 1950.

l'avion de ligne et sa cargaison avaient disparu dans une grotte du glacier dont l'épaisseur augmente constamment, tout comme l'appareil monté sur skis que l'armée américaine avait envoyé récupérer les survivants mais que le gel avait cloué au sol après son atterrissage, si bien qu'on avait dû l'abandonner sur place. Le Vatnajökull l'avait également englouti quand on avait tenté de le retrouver, quelques mois plus tard. Or c'était justement ces montagnes de glace dont l'épaisseur augmentait constamment que les membres d'équipage du *Máfur* s'apprêtaient à affronter, emmitouflés dans leurs vêtements les plus épais, chaussés de cuissardes, le corps tout entier recouvert de vareuses étanches. Certains étaient armés de marteaux, d'autres de clefs à écrous – l'outil universel de tout marin –, d'autres encore tenaient des bouts de tuyaux, des maillets à attendrir la viande ou des couperets. Le maître d'équipage brandissait la grande barre à mine d'acier, celle qu'à terre, on aurait appelée pied-de-biche, les mieux outillés s'étaient armés de pics à glace de taille étonnamment modeste, il y en avait deux à bord. Les marins sortirent sur le pont, lui aussi enseveli sous une épaisse couche de glace. Il fallait absolument trouver des points d'appui : le plus souvent, y compris par gros temps et par fort tangage, c'était assez facile, mais tout ce à quoi on pouvait s'agripper avait désormais disparu sous cette épaisse banquise. Heureusement, les oscillations étaient moins violentes qu'à l'accoutumée pendant de telles tempêtes, atténuées par le poids de la gangue qui recouvrait le navire et le rendait plus lent à se redresser après chaque assaut que lui infligeait la houle. Cela ne changeait toutefois pas grand-chose : la surface qu'on avait sous les bottes n'était jamais horizontale, mais constamment en pente. Puis il y avait ces paquets de mer qui arrivaient à toute vitesse quand on s'y attendait le moins, submergeant tout, on avait alors plus qu'intérêt à se cramponner face à cette mer glaciale et déchaînée, ce n'étaient pas là de simples éclaboussures, mais de véritables cascades qui déferlaient.

Bien que cette gangue ressemblât à un glacier ou une sculpture de cristal, il était plus facile de la briser en mille morceaux qu'on eût pu l'imaginer : un coup sur une tige d'acier ou sur un câble suffisait parfois à l'éliminer, à libérer cinquante centimètres voire plus encore, pourvu qu'on frappe fort et à l'endroit adéquat. Quelle que soit la tâche qu'on entreprend, il est toujours gratifiant d'en voir le résultat. Or ce résultat était très visible, les hommes se démenaient, le bastingage disparu sous la glace réapparaissait après quelques coups, tel qu'il avait toujours été. Au début, c'était pour ainsi dire agréable de lever les yeux sous le rebord de son suroît, le visage ruisselant, et de voir un câble aussi épais qu'un tonneau onduler sous les assauts des outils puis se libérer de sa gangue dont les morceaux plus ou moins imposants s'éparpillaient sur le pont ou à tous les vents. Au début, ils parvenaient avec une étonnante rapidité à rendre au bateau ses contours habituels, la zone de travail réapparaissait, peinte ou en métal brut, principalement brune et noire. On risquait même de s'oublier dans cette tâche, chose dont il fallait absolument se garder, car on devait constamment surveiller les gigantesques vagues qui déferlaient et s'agripper aux points d'appui qu'on venait de libérer quand elles submergeaient le pont : derrière les hublots de la passerelle, le commandant surplombait ses hommes et observait la mer, les vagues dont certaines étaient si hautes qu'il devait reculer la tête pour voir à quel endroit elles iraient se briser. Spécialiste en la matière, il s'écriait : DÉFERLANTE ! lorsqu'une de ces lames s'apprêtait à fondre sur le bateau. Et dès que le navire s'était délesté de ces paquets de mer, l'ensemble des ferrures, propres et rutilantes l'instant d'avant, se couvraient à nouveau d'une pellicule qui épaississait à grande vitesse, autant sous l'effet des vagues suivantes qu'à cause des embruns dont l'air était saturé, et qui se mélangeaient à une averse de neige tourbillonnante. Bientôt, cela n'avait plus rien d'une pellicule, ils devaient recommencer à frapper les câbles et les tiges d'acier qu'ils avaient si soigneusement nettoyés quelques instants auparavant. Leurs mains étaient juste un peu plus fatiguées, les vêtements qu'ils avaient enfilés avant de se mettre au travail n'étaient plus aussi secs et chauds. Quand on se démène ainsi, on sue sous sa vareuse et l'eau froide se fraie un chemin dans votre col lorsque vous vous baissez pour esquiver les paquets de mer, sans compter l'eau qui ruisselle sur le pont et risque à tout moment d'entrer dans vos cuissardes.

On parvenait à dégager les câbles, les grilles et les barreaux du bastingage avec une certaine efficacité, mais les glaçons qui recouvraient le gaillard d'avant et les poulies servant à hisser les chaluts étaient autrement revêches. Qu'importe combien on les frappait, on n'y décelait pas le moindre tremblement, elles étaient inébranlables, aussi froides et muettes que les séracs des hautes terres désertes de l'Islande. Malgré tout, les hommes les plus forts armés des outils les plus performants s'y attaquaient et, quand ils avaient de la chance, comme sur l'échelle permettant d'accéder au gaillard d'avant, ils parvenaient à briser de gros morceaux d'un seul tenant. Cela ne faisait toutefois que créer d'autres problèmes, ces blocs se mettaient alors à glisser en crissant sur le pont et il valait mieux ne pas se trouver sur leur trajectoire. Tous les marins savent qu'il est bien plus dangereux de heurter un bloc de glace errant que n'importe quelle banquise, car non seulement l'un d'eux a coulé un navire tout neuf avec presque cent hommes à bord il y a quelques jours dans la zone de pêche du *Máfur*, mais c'est aussi un de ces icebergs qui a scellé le sort du majestueux *Titanic* et de ses deux mille passagers il y a quelque cinquante ans – une masse de ce type glissant sur le verglas qui recouvre le pont risque d'infliger de graves blessures. En outre, cela ne rendait pas le bateau plus léger : même si la glace avait quitté le lieu où elle s'était accumulée, elle était toujours à bord. Les blocs de cette espèce, il faut les casser à coups de marteau ou de barre à mine, les réduire en unités suffisamment petites pour être évacuées par les dalots, ou se débarrasser des plus gros morceaux en s'y mettant à plusieurs pour les jeter par-dessus bord.

Les premiers montés à l'assaut s'étaient noué autour de la taille une corde attachée au navire lui-même. Les autres, restés dans les cabines à l'avant, attendaient qu'un filin soit tendu entre la passerelle de commandement et le gaillard, et qu'on les appelle sur le pont où ils avanceraient en se cramponnant à cette ligne. Dès qu'ils arrivèrent, ils s'attaquèrent à la glace accumulée sur les vitres de la passerelle. Ils y parvinrent assez bien, si ce n'est qu'un malencontreux coup de marteau brisa le hublot situé juste à côté du transmetteur d'ordre, là où le commandant se tenait le plus souvent quand il était à la manœuvre. Dans d'autres conditions, on se serait empressé de boucher ce trou béant pour barrer la route au vent glacial, à la neige et aux paquets de mer, mais le commandant comprit immédiatement que cette ouverture présentait certains avantages, en tout cas provisoirement, tant que la glace accumulée sur la passerelle occultait presque toute la surface des autres hublots.

Trois jours plus tôt, ils avaient enfin atteint leur destination après un interminable voyage depuis l'Islande, parcourant 1200 milles nautiques au sud du cap Farvel jusqu'aux zones de pêche de Terre-Neuve où des chalutiers de toutes nationalités avaient rempli leurs cales de sébaste atlantique l'année précédente. À l'aube du mardi 3 février, le commandant fit préparer les chaluts, l'équipage monta sur le pont, le temps était calme et froid, la température de moins cinq degrés même s'ils se trouvaient à une latitude nettement plus méridionale que celle à laquelle ils pêchaient d'ordinaire, dans les eaux islandaises. Mais ici la mer était extrêmement froide, le courant du Labrador qui descendait directement du pôle et passait entre le Groenland et le Canada en rencontrait un autre, plus chaud, remontant du sud et, lorsque les courants se rencontrent, on peut non seulement s'attendre à de puissantes vagues, mais également à une pêche miraculeuse : il y avait là profusion de nourriture. La mer et le ciel grouillaient de vie. Au-dessus de leurs têtes, des centaines d'oiseaux accomplissaient leur expédition matinale vers le nord-est, c'est pour cette raison que les marins islandais avaient baptisé cette zone le Banc des mouettes tridactyles. Ils n'étaient pas les seuls à pêcher dans les parages, les chalutiers *Skerpla* et *Harpa* de Hafnarfjörður stationnaient tout près. L'équipage du *Máfur* était en contact radio avec eux. L'*Eyfirðingur*, originaire du nord, naviguait également à proximité, de même que le *Garpur*, immatriculé dans les fjords de l'Est. C'était le navire le plus récent et le plus majestueux de toute la flotte, construit en RFA quelques années plus tôt. Il avait essuyé une vague scélérate au sud du cap Farvel, le message envoyé par l'opérateur radio précisait qu'ils avaient eu l'impression de foncer dans un mur en béton, la crête de la déferlante s'était abattue par tribord à l'avant du château, brisant les projecteurs du pont et sept hublots, le second et les hommes présents à la passerelle avaient de l'eau jusqu'aux aisselles et on pouvait s'estimer heureux que l'opérateur radio ne soit pas tombé à la mer, emporté par les flots, quand la porte à bâbord était sortie de ses gonds sous la pression. Ils avaient d'abord cru devoir rebrousser chemin pour rentrer en Islande, les appareils de navigation étant endommagés, avaient-ils annoncé à la radio, mais ils étaient finalement parvenus à remettre pas mal de choses en état. Le premier message qu'ils avaient capté était le signal de détresse émis par le navire danois naviguant au sud du Groenland dont l'équipage affirmait qu'il était en train de couler. Le *Garpur* mit donc immédiatement le cap vers l'endroit d'où provenait le SOS, mais le lieu était trop éloigné de sa position. Quand ils arrivèrent dans la zone, ils ne trouvèrent que quelques débris qu'on distinguait à peine dans la brume, et les hommes à bord de l'avion américain qui patrouillait dans les parages affirmèrent avoir vu une bouée de sauvetage flotter à la surface. Ici, sur le Banc des mouettes tridactyles, on attendait l'arrivée du *Poséidon* de Reykjavík. L'équipage du *Máfur* avait pensé lever l'ancre en même temps que cet autre chalutier et l'accompagner pendant toute la traversée, mais il y avait eu un imprévu sur le *Poséidon*, ce qui l'avait retardé de plusieurs jours, comme cela arrivait souvent.

Ainsi, les marins étaient maintenant sur le pont et, ayant admiré le vol des mouettes, ils enfilèrent leurs gants et retroussèrent leurs manches : de leurs bouches s'échappait un nuage de vapeur. L'air était froid, mais l'océan bien plus glacial encore qu'on eût pu l'imaginer à cette latitude. La plupart d'entre eux savaient depuis l'école primaire que l'eau gèle à zéro degré, or d'autres lois s'appliquaient ici. C'est le sel, disaient les plus expérimentés, l'eau était en effet à moins deux degrés. On avait donc intérêt à s'entourer de précautions afin d'éviter le moindre faux mouvement, par exemple quand on empruntait les échelles permettant d'accéder au gaillard d'avant ou au pont des chaloupes. Au début de l'hiver, un matelot était tombé d'un chalutier islandais dans ces eaux glacées et, même si le reste de l'équipage avait réussi à le repêcher pour le hisser à bord, le froid avait déjà accompli son œuvre : le corps du jeune homme avait eu le temps de bleuir, il était presque rigide, avait rapporté un des marins du *Máfur*, qui parlait en connaissance de cause, ayant été témoin de l'accident. Il s'agissait maintenant de préparer les deux chaluts, enroulés et attachés le long du bastingage à bâbord et tribord. Peu importait lequel on choisissait, les deux étaient prêts, il n'y avait aucun accroc dans le maillage vert, tout avait été réparé sur le chemin du retour après la dernière campagne de pêche et pendant que le bateau était amarré à Reykjavík. Le commandant annonça d'une voix calme depuis la passerelle : « Trait à tribord, soyez prêts. » Sur les navires comme le nôtre, les chaluts étaient élingués à de hautes potences, des structures formant un *u* à l'envers – ou, si on préfère, un *n* à l'endroit – arrimées aux bastingages à bâbord et tribord. Ces structures partaient du gaillard d'avant et aboutissaient à la coursive du pont situé à l'arrière de la passerelle. On mettait le chalut à la mer en laissant filer les câbles des grosses poulies devant la passerelle de commandement. Le dispositif se mettait alors à siffler et à chantonner, puis il n'y avait plus qu'à attendre, ce qui laissait l'équipage sans occupation plusieurs minutes durant. C'est à ce moment-là que les authentiques marins passaient sous leur vareuse une main qu'ils glissaient jusqu'à leur poche de chemise où se trouvait leur paquet de Camel. Ils en sortaient une clope qu'ils se mettaient dans la bouche et allumaient en protégeant la flamme entre leurs mains, puis ils recrachaient la fumée, protégeant également la cigarette entre leurs paumes – c'était là tout un art qui n'était pas à la portée du premier venu par gros temps, quand les embruns submergeaient le bateau, et moins encore lorsqu'on remontait le chalut, que les câbles émergeaient, ruisselants, et que l'écume jaillissait en gerbes des poulies où ils s'enroulaient en crissant. Celui qui était de quart, qu'il s'agisse du commandant, du second capitaine ou du premier lieutenant, observait le comportement du bateau voguant alors à toute vapeur et veillait à ce que le chalut se place correctement. Cette gigantesque poche ouvre la gueule face aux prises quand elle touche le fond, que tout va comme il se doit et que le navire peut enfin ralentir. On abaisse en effet le régime des moteurs dès que le filet est installé. Le bas de l'ouverture possède une sorte de dentition constituée de grosses boules d'acier qui avancent comme des roues sur les fonds marins, ces boules enjambent les obstacles aussi facilement que les pneus d'une jeep, ce qui protège la poche. L'extrémité du chalut est tapissée de peaux de bœuf qui l'empêchent de se déchirer quand il croise sur sa route toutes sortes de roches acérées ou d'aspérités qui parsèment le fond. Le haut de l'ouverture est équipé de flotteurs qui la maintiennent béante. Il arrive qu'il y ait un problème pendant la manœuvre : le chalut se retourne, les boules d'acier se retrouvent au-dessus des flotteurs et obturent l'ouverture. Le trait ne rapporte alors aucune prise et il faut s'attendre à ce que le filet se déchire. Les marins expérimentés se rendent aussitôt compte que ça ne tourne pas rond, ils le voient à la manière dont le bateau se comporte et en tâtant les funes, ces câbles d'acier fixés aux poulies qui tremblent alors de façon anormale bien qu'ils mesurent plusieurs centaines de brasses. Il n'y a dans ce cas pas d'autre solution que de remonter le chalut et de le vérifier avant de le remettre à l'eau. Une fois le chalut mis en place, il faut rapprocher l'un de l'autre ces câbles fixés chacun à une poulie : lorsqu'ils sont collés, leur tension est identique. La force qu'ils exercent alors sur les deux panneaux situés à l'avant du chalut et reliés chacun à un de ces câbles permet de les ouvrir à l'angle adéquat : on dirait deux mains en prière, paumes légèrement écartées. C'est le déplacement du navire allié à la résistance de l'eau qui maintient le chalut grand ouvert, telle une gueule affichant un large sourire ou adressant un éclat de rire sardonique à ses proies. Pour rapprocher les funes quand le filet a touché le fond, on fait descendre un crochet fixé à un autre câble grâce à une poulie installée sur le pont des chaloupes. Ce câble et ce crochet se nommeraient sans doute simplement *messager* si l'essentiel du vocabulaire se rapportant au chalutage en islandais ne provenait pas de l'anglais, nous parlons donc de *messaser* en prononçant le mot à l'islandaise. Lorsque ce dispositif a agrippé les funes et les a remontées sur le flanc du navire, on les bloque dans un taquet, une grosse mâchoire d'acier située sous la passerelle. Puis on fait le trait en continuant d'avancer jusqu'à ce qu'on ait pêché assez de poisson, en tout cas autant que le chalut peut en capturer dans les limites du raisonnable, on débloque ensuite le taquet et on hisse le filet à bord. Le commandant du *Máfur* était diablement habile pour poser le chalut, il était en réalité le plus doué des hommes dans tout ce qui touchait à la pêche en eau profonde. Il arrive toutefois que les plus capables commettent eux aussi des erreurs même si ce n'est pas fréquent. Ainsi, à notre premier trait de cette campagne de pêche, alors qu'il abaissait le régime du moteur, notre commandant a compris qu'il y avait un problème. Il est sorti de la passerelle pour vérifier les funes en les caressant doucement comme une sage-femme veillant sur une parturiente, puis a ordonné à tout le monde de remettre sa vareuse et de remonter le filet. Ce n'était pas le moment de traînasser même si la moitié de l'équipage venait de s'asseoir à la cantine devant un repas chaud : boulettes de viande, choux rouge et pommes de terre, le tout arrosé de beurre fondu. Tout le monde s'est précipité sur le pont. Il fallait commencer par séparer les funes, c'est-à-dire, par débloquer le taquet dont j'ai déjà parlé : on se sert pour ça d'un gros outil stocké dans la coursive sous la passerelle, une grosse barre à mine de la taille d'un pied-de-biche. Il faut que cet outil soit long : les câbles se tendent à l'extrême quand ils traînent le chalut et ses panneaux à grande profondeur, ils se transforment en véritables fouets quand on les libère et là, mieux vaut se tenir à distance respectable. En outre, la manœuvre nécessite une grande force : la barre à mine est lourde et son retour puissant. Ce fut le maître d'équipage qui, vêtu d'un simple chandail et mâchant encore la première bouchée de son repas, avait accouru pour débloquer le taquet. C'était un dur à cuire solidement charpenté qui n'avait peur de rien. Les marins qui l'avaient amené à bord, ivre mort et furieux, une semaine plus tôt, avaient dû s'y mettre à trois ou quatre pour porter son imposante carcasse. Donc, il avait quitté la cantine en pull-over, avait attrapé une clef à peine plus longue qu'un avant-bras et s'en était servi pour débloquer le taquet. En un éclair. Le dispositif s'était ouvert avec un claquement, libérant les câbles qui s'étaient tendus comme les cordes d'un violon. Le commandant qui l'avait vu faire était venu le réprimander vigoureusement : « Je ne tolérerai pas de tels comportements sur mon navire ! » Le maître d'équipage avait marmonné quelques excuses en promettant de s'amender puis il avait souri par en dessous, croyant que l'autre ne le voyait pas. Il s'était également gardé de dire que tout le monde à bord avait déjà vu le commandant lui-même débloquer le taquet en douce à l'aide d'une simple clef quand il était pressé de remonter le filet. Au bout d'un long moment, le chalut était apparu à la surface. Les câbles s'étant entortillés, il avait fallu les démêler et réparer la ligne de tête où étaient disposés les flotteurs. Ils s'étaient acquittés de cette tâche en si peu de temps qu'ils n'avaient pas eu besoin de se rabattre sur le chalut de bâbord, tout était rapidement rentré dans l'ordre et bientôt, à bord du *Máfur* nous avions commencé à moissonner le précieux poisson du Banc des mouettes tridactyles. On n'apercevait aucune côte. Nous étions à cent milles nautiques de

Terre-Neuve, c'est-à-dire à presque deux cents kilomètres. On ne voyait pratiquement pas les autres bateaux venus pêcher dans les parages même si le temps était clair et la visibilité excellente, les matelots avaient par moments l'impression d'en apercevoir un ou deux au loin et, tout au bout de l'horizon, on distinguait une masse plus ou moins ovale. Le premier lieutenant qui connaissait le manuel des marins sur le bout des doigts, de même que l'ensemble des bateaux de la flotte islandaise, avait déclaré, après avoir scruté les flots derrière le nuage de fumée de cigarette qui stagnait devant son visage tandis qu'il réparait le filet, qu'il s'agissait sans doute d'un navire-usine soviétique venu ratisser les fonds.

L'équipage était fatigué d'avoir cassé une grande partie de la glace accumulée sur l'avant du navire depuis le samedi et jusque tard dans la nuit en bravant la tempête. Le commandant décida par conséquent d'accorder un peu de répit à ceux qui avaient travaillé le plus longtemps. Ces derniers rentrèrent se mettre à l'abri, ils se délestèrent de leurs vareuses et de leurs cuissardes dans la remise prévue à cet effet, allèrent à la cantine où on leur servit du café, du pain et d'autres reconstituants que leur avaient préparés les cuisiniers. Puis ils fumèrent en silence, ne décrochant pour ainsi dire pas un mot. Tous comprenaient parfaitement que les mouvements du chalutier étaient anormaux : certes, il s'élevait et s'affaissait à chaque vague, mais gîtait nettement moins et ne se redressait pas aussi rapidement qu'il aurait dû le faire étant donné l'état de la mer et la force du vent. Il passait de longs moments couché sur un flanc ou sur l'autre, gîtait dangereusement à bâbord puis, s'étant enfin remis d'aplomb, se couchait sur tribord et ne se redressait plus. On entendait les pompes couiner, les mécaniciens se démenaient pour transférer le contenu des réservoirs de carburant de tribord à bâbord, et inversement. Le moteur principal ronronnait, paisible. Le martèlement de ses pistons avait quelque chose de rassurant. Si ce gros moteur diesel venait à défaillir, ils étaient condamnés à une mort certaine. Puis ils allèrent dans les couchettes situées à l'arrière, la plupart s'allongèrent entièrement habillés afin de parer à toute éventualité. Les plus chanceux s'endormirent sur-le-champ tandis que les autres écoutaient les hurlements du vent et le vacarme des autres, qui continuaient de livrer bataille contre la glace, plongés dans la nuit noire.

Le commandant était à son poste à la passerelle. Tout à coup, il avait eu l'impression que le temps se calmait. Les tempêtes de ce genre durent le plus souvent une demi-journée, mais celle-là faisait rage depuis une vingtaine d'heures. Il avait également entrevu une lueur d'espoir en constatant que l'acharnement de l'équipage à éliminer la glace portait ses fruits. Ils étaient encore une bonne dizaine à braver la tempête sur le pont. En réalité, il n'y avait pas assez d'outils pour plus d'hommes. Le commandant se disait qu'il avait commis une erreur en s'aventurant en plein hiver dans cette zone lointaine sans emporter des pics à glace pour chacun des membres d'équipage. Mais qui aurait pu imaginer des conditions aussi terrifiantes ?

Le radio était là-haut, sa cabine et ses appareils se trouvaient à l'arrière de la passerelle. On y entendait des cris et des grésillements. Il rejoignit le commandant et l'homme de barre pour leur annoncer qu'il avait capté un appel de détresse provenant d'un chalutier espagnol qui pêchait dans la zone, mais beaucoup plus loin. De même, un navire canadien avait signalé de graves difficultés et une invasion de glace à son bord. Le radio avait ensuite été en contact avec son collègue du *Harpa* qui tirait plutôt bien son épingle du jeu, mais lui avait toutefois avoué qu'ils se battaient également contre la glace, que leur bateau gîtait excessivement, et qu'ils essayaient de manœuvrer pour sortir de la tempête. Le *Skerpla*, l'autre chalutier immatriculé à Hafnafjörður, avait pris le chemin du retour la veille, sa cale remplie de poisson. Le *Máfur* essayait lui aussi de manœuvrer pour échapper à la tempête. Le vent soufflait du nord, nord-ouest et il n'y avait pas d'autre choix que d'orienter la proue face aux lames titanesques en laissant l'hélice tourner au ralenti. Si une vague scélérate venait à heurter le navire sur le flanc ou à la poupe, elle n'aurait aucun mal à le faire chavirer. On considéra qu'il n'était pas possible de répondre au SOS des Espagnols. L'oreille collée au téléphone relié à la salle des machines, le commandant donnait l'ordre de stopper l'hélice et de faire arrière toute dès qu'il voyait approcher une déferlante depuis le fond de la nuit. Tous les mécaniciens étaient à leur poste, prêts à réagir promptement. Cela ne l'empêcha pas de demander que leur chef monte à la passerelle pour faire son rapport. Ce dernier arriva en annonçant que tout allait bien pour l'instant. Il redoutait surtout qu'un excès de gîte du navire ne finisse par priver le moteur de carburant et que ce dernier ne s'arrête. Mais c'était une mécanique solide et fiable qui ronronnait comme il se devait avec l'ensemble de ses treize cents chevaux. Ils passaient leur temps à transvaser le carburant entre les réservoirs de bâbord et tribord, mais ne pouvaient pas faire de même avec les réserves d'eau douce qui avaient entièrement gelé, à l'exception de la plus petite qui bénéficiait de la chaleur dégagée par le moteur à côté duquel elle était située. Il y en avait assez pour faire la cuisine, le café, et pour se désaltérer, tant que l'équipage n'était pas trop assoiffé. Les deux hommes se demandèrent s'il était possible de fabriquer des outils dans la salle des machines. Le chef mécanicien proposa de débiter en morceaux des tubes d'acier et d'y souder des boulons. Le commandant ajouta qu'il était souhaitable que les outils ainsi fabriqués ne soient pas trop lourds. Certes, les masses et les pics à glace étaient efficaces, mais les hommes se fatiguaient vite en les maniant.

Juste après le départ du chef mécanicien, une vague titanesque arriva, sa crête surplombant le feu de hune. Le commandant eut tout juste le temps de crier par le hublot béant aux matelots présents sur le pont de se cramponner ferme avant qu'elle s'abatte à bâbord et, bien que l'eau de mer ruisselât et s'évacuât, le bateau ne se redressa pas. Il cria à ses hommes de rentrer se mettre à l'abri s'ils le pouvaient, c'était trop dangereux de rester suspendu là alors que le navire gîtait excessivement et, quand le second capitaine eut escaladé l'échelle menant à la passerelle, il lui ordonna de descendre réveiller ceux qui étaient partis se reposer dans les cabines, l'ensemble de l'équipage devait pouvoir parer à toute éventualité, quelle qu'elle soit. Enfin… s'il n'était pas déjà trop tard – le navire bougea légèrement et se coucha plus encore sur bâbord. Les deux hommes échangèrent un regard : s'ils essuyaient une autre vague comme celle-là, ils chavireraient sans aucun doute et là, c'en serait fini d'eux. Le commandant pria le second capitaine d'informer l'équipage qu'il s'était écoulé deux heures depuis le moment où certains étaient allés se reposer. À partir de maintenant, ce serait la règle en vigueur : chacun bénéficierait de deux heures de répit par jour jusqu'à ce qu'on soit sorti de cet enfer. Ils entendaient le bruit des pompes, les mécaniciens s'efforçaient de faire contrepoids à tribord. Enfin, ils eurent l'impression que le bateau se redressait légèrement.

Le second capitaine descendit, demanda au maître d'équipage de réveiller ses matelots dont la plupart l'étaient déjà. Mais quand il arriva à la couchette du premier lieutenant, ce dernier demeura immobile. Il l'appela à nouveau sans obtenir de réponse et le secoua, terrifié, pensant qu'il avait eu une crise cardiaque. L'homme allongé répondit alors, distinctement et tout à fait conscient : « Je crois que je préfère être ici quand nous sombrerons. J'ai passé des années en mer et je n'ai jamais vu une chose pareille. Nous sommes face à la mort en personne. — Pour l'amour de Dieu, lève-toi, ça ne sert à rien de penser comme ça », rétorqua le second capitaine avant de retourner à toute allure à la passerelle où était monté le second mécanicien qui, avec le commandant, était allé vérifier l'état du pont des chaloupes. Celle de bâbord était couverte de givre et presque pleine d'eau de mer dont la majeure partie avait sans doute gelé. Quoi qu'il arrive, elle ne leur serait d'aucun secours. En outre, elle pesait maintenant des dizaines de tonnes et ne faisait qu'accentuer la gîte du bateau. Leur seul espoir était de s'en débarrasser. Il fallait pour cela des hommes expérimentés, costauds et téméraires, l'ensemble du périmètre s'étant transformé en patinoire sur laquelle il était difficile de trouver le moindre appui. Et surtout, lorsque ce canot d'une lourdeur de plomb serait libéré, il risquait de tanguer de manière imprévisible. Il valait alors mieux ne pas se trouver sur son passage. À ce moment-là, le premier lieutenant, qui avait refusé de se lever quelques instants plus tôt, arriva à la passerelle, les yeux emplis de ténèbres. Ayant entendu cette conversation, il demanda : « Qu'est-ce qu'on attend ? » Il proposa d'aller détacher le canot de sauvetage, deux matelots se portèrent volontaires pour l'accompagner. Il répondit au premier : « C'est à toi de voir. » Le plus jeune à bord se manifesta également. Il s'appelait Lárus et venait d'avoir dix-huit ans. Les autres jugèrent que son intervention serait à la fois inutile et imprudente. De toute manière, il n'y avait pas assez de place pour autant d'hommes sur le pont des chaloupes. Le premier lieutenant déclara : « Ce serait déjà assez affreux de perdre trois matelots si ça se passe mal. » Le commandant fit de son mieux pour stabiliser le bateau face au vent tandis que les trois hommes sortis s'occuper du canot avançaient sur le pont tout en éliminant la glace du bastingage et de tout ce à quoi on pouvait s'agripper. Ils atteignirent la chaloupe, cassèrent la gangue qui enserrait les fixations qu'ils brisèrent ensuite à coups de hache. Dès qu'elles cédèrent, l'embarcation se libéra et tomba à la mer. À la lumière des feux du navire, ils la virent atterrir à plat sur les flots. Seule une minuscule partie affleurait à la surface. Elle fut ensuite emportée dans leur sillage par les courants avant de disparaître dans la nuit. Le bateau se redressa aussitôt, au grand soulagement de Lárus, le plus jeune des matelots, même s'il avait éprouvé un étrange sentiment en voyant s'éloigner puis disparaître dans la mer l'embarcation censée assurer leur survie en cas de catastrophe.

Lorsqu'il était monté à bord du navire amarré à Reykjavík, le 29 janvier, une semaine plus tôt, il était aussi enthousiaste qu'impatient et ce, même si sa mère, venue l'accompagner avec son père, était très angoissée. Elle avait un mauvais pressentiment, elle avait fait des rêves inquiétants. Ses parents l'avaient conduit dans leur jeep

Willys, son père était au volant, diablement fier de son fils qui s'embarquait pour sa troisième campagne de pêche sur un chalutier et avait déjà acquis la réputation d'être courageux et d'avoir le sens du sacrifice. Son père avait appris ça de la bouche des dockers qui entendent bien des choses. À sa dernière campagne, le jeune homme s'était engagé sur un autre chalutier qui avait moins fière allure que le *Máfur*, il était allé pêcher dans la mer de Barents, loin au nord du cercle polaire. « Nous sommes tout près du pôle Nord ! » s'était exclamé un de ses compagnons. C'était au plus noir de l'hiver, ils n'avaient pas entrevu la lumière du jour durant toute la campagne. Il faisait sombre vingt-quatre heures sur vingt-quatre, sauf quand le ciel se découvrait, dévoilant la lune, les étoiles et le ballet des aurores boréales. Mais cela n'arrivait que rarement et ne durait jamais. La plupart du temps, ils voguaient dans les brumes et les bourrasques mêlées de neige, la pêche avait été mauvaise et le salaire des matelots plutôt maigre. Or le *Máfur* s'apprêtait à partir au large de Terre-Neuve. Lárus n'avait entendu que du bien des campagnes de ce navire : on naviguait tranquillement pendant quelques jours pour atteindre les bancs de poissons, puis on rentrait en Islande après une pêche rapide, intense et miraculeuse de sébaste qui s'achetait ensuite à bon prix en Grande-Bretagne et en Allemagne. Il était d'ailleurs question de se rendre là-bas pour y vendre la cargaison, avec les réjouissances et l'épaisse enveloppe de billets que cela impliquait. Et, puisque sa mère et son petit frère étaient malades, chacun savait que cela aiderait bien ses parents s'il leur offrait l'argent qu'il gagnerait pendant cette campagne. La proue du chalutier amarré à la jetée portait l'inscription *Máfur RE 335*. La famille était descendue de voiture. Lárus avait expliqué à sa mère à quel point ce navire était de construction robuste et fiable, une véritable ville d'acier d'un poids de plus de sept cents tonnes. La proue était imposante avec son gaillard d'avant surélevé que les marins appelaient le plus souvent gaillard, on voyait aussi sur le pont supérieur le parc, c'est-à-dire la zone dévolue à la pêche proprement dite, c'est là qu'on déversait le poisson et que se trouvaient les écoutilles descendant droit à la cale. Le château trônait au centre du navire, c'était le siège de la passerelle de commandement surplombant le pont supérieur avec ses hublots orientés vers l'avant. Derrière elle, une construction de taille plus modeste abritait la cantine et les cabines des matelots. Sur le toit de cette autre construction se trouvait le pont des chaloupes où deux imposants canots de sauvetage à bâbord et tribord étaient fixés à de solides potences d'acier qui portent le nom de *bossoirs*. Le père de Lárus avait pêché le hareng de longues années durant. Alors qu'ils étaient tous trois sur le quai, accoudés à la jeep Willys, à regarder le bateau, il avait admiré la taille de ces canots semblables à ceux qui équipent tous les chalutiers récents de la flotte islandaise. Il avait ajouté qu'on pouvait aussi, à l'occasion, se servir de ce type d'embarcation pour déployer les seines autour des bancs de harengs, comme il l'avait fait autrefois. Ils ont même un moteur ! s'était-il exclamé, de la fierté dans la voix. Rien ne le passionnait autant que les choses de la mer, et quand la famille partait se promener en voiture le dimanche, elle allait souvent flâner sur le port, admirant les bateaux, s'interrogeant sur leur provenance, sur le type de pêche qu'ils pratiquaient. Ils discutaient avec les autres marins et, un mois plus tôt, ils étaient pour ainsi dire à l'endroit où ils se tenaient en ce moment avec une foule de gens de Reykjavik parce que le tout dernier joyau de la flotte danoise, le *Hans Hedtoft*, était à quai. Flambant neuf, baptisé quelques semaines plus tôt, il effectuait sa première traversée vers le Groenland. D'une capacité de deux mille huit cents tonnes, il était parfaitement adapté à la navigation dans le Grand Nord, c'était un bateau magnifique transportant passagers et denrées. Enfin, on disposait d'un navire capable de desservir toutes les communautés du Groenland été comme hiver. Il y avait même des canons à bord. Mieux vaut être prêt à affronter tous les dangers ! avait déclaré le père de Lárus. Le *Hans Hedtoft* avait quitté l'Islande et mis le cap sur la pointe sud du Groenland, empruntant la route que le *Máfur* prendrait plus tard le soir même, comme on l'avait annoncé à la radio après les informations de midi : il lève l'ancre à vingt heures. Depuis le quai, on entendait le bruit du moteur et les martèlements rapides du groupe électrogène fonctionnant au diesel. On avait déjà mis la glace dans la cale, rempli les réservoirs de carburant et d'eau douce, monté les provisions à bord : des carcasses de mouton, des sacs de pommes de terre, un tonneau de petit salé, du café, du pain, du jambon et du fromage, des bouteilles de lait, des flocons d'avoine, du riz, des travers de porc… tous les feux à bord étaient allumés, les autres membres d'équipage arrivaient les uns après les autres, certains ivres et bruyants, ils tenaient leur sac de marin à la main gauche et leur bouteille à la droite, la plus vaillante. Lárus avait échangé un regard avec sa mère, il savait que ça ne lui plairait pas de voir des ivrognes monter à bord du navire qui serait le seul domicile et l'unique protection de son fils au cours des semaines qu'il passerait sur cet océan glacial, si loin de l'Islande. Elle s'était réveillée inquiète le matin et avait essayé de le dissuader d'embarquer, mais il s'était engagé et ne voulait surtout pas acquérir la réputation d'un marin qui n'avait aucune parole et sur lequel on ne pouvait pas compter. Son père avait assuré que la zone de pêche à l'ouest de Terre-Neuve était connue pour son calme et ses vents modérés. En outre, les eaux étaient si poissonneuses que les chalutiers emplissaient leurs cales en l'espace de quelques jours puis prenaient aussitôt le chemin du retour. Afin d'apaiser le mauvais pressentiment de la mère de Lárus, lui et son père l'avaient convaincue de descendre de voiture pour admirer ce solide navire diesel sur lequel son petit allait embarquer. Elle ne protestait plus, elle s'était contentée de l'embrasser et de le serrer contre elle en priant Dieu et la bonne fortune de l'accompagner, sans plus mentionner son inquiétude. Il n'était pas de mise de jouer les Cassandre face à une personne qui part en voyage. D'ailleurs, que savait-elle de la mer et de ses périls, jamais elle n'avait navigué, même si l'océan lui avait enlevé son père, son frère et son grand-père.

Être marin en Islande, c'est être soldat en temps de guerre.

Au bout d'une petite semaine de navigation, nous avons atteint le Banc des mouettes tridactyles au large de Terre-Neuve. Au début, la pêche ne fut pas franchement fructueuse. Quand nous avons fait le premier trait, le chalut s'est mal placé, comme nous l'avons déjà précisé. Et lorsque nous l'avons remis à l'eau, il est remonté en lambeaux : il avait éclaté sous la pression des prises alors que ce second trait n'avait duré qu'un peu plus d'un quart d'heure. Nous nous sommes donc rabattus sur le chalut de bâbord que nous avons lancé tandis que les ramendeurs s'activaient pour réparer l'autre, endommagé. Le matelot Lárus s'occupait de la corbeille des grosses aiguilles de marine sur lesquelles il plaçait de la ficelle de ligature et de remmaillage. Ces aiguillées étaient bien vite consommées par les ramendeurs aux gestes rapides et précis. Lárus passait les épais fils dans les chas en regardant d'un air admiratif ses compagnons qui se démenaient pour réparer à mains nues le chalut alourdi par l'eau de mer.

Comment diable faisaient-ils pour s'y retrouver ? Ces hommes, arrivés quelques jours plus tôt ivres morts, presque inconscients, les yeux rougis par l'alcool et le visage couperosé, savaient avec exactitude combien de mailles manquaient ici, combien de nœuds refaire là, et à quel endroit il fallait réparer en faisant une patte de sterne. La couchette où Lárus s'était installé avait sans doute été récemment occupée par un ramendeur. Son prédécesseur avait en effet collé sur la cloison un gigantesque schéma légendé sur lequel chaque élément du chalut était numéroté : les panneaux, le cul, la poche, le nombre de mailles et de nœuds. Lárus avait bien l'intention d'apprendre ce schéma par cœur de manière à devenir un ramendeur digne de ce nom, un magicien capable de se plonger dans un amas ruisselant et incompréhensible de filets enchevêtrés, qui, en bon ramendeur, pourrait attraper n'importe quelle partie et s'y retrouver immédiatement malgré l'obscurité, le roulis, les vagues et les averses de neige, un magicien qui saurait tout de suite combien de nœuds il fallait faire à tel endroit, combien de mailles à tel autre et qui, ayant achevé sa tâche, attraperait son couteau, couperait le fil de son aiguille et balancerait le filet sur le pont en s'exclamant : C'est bon !

De telles contrariétés mettaient votre patience à rude épreuve, les matelots juraient sur le pont, ils maudissaient le chalut, maudissaient la mer et maudissaient le froid. Pourtant, il ne faisait que moins quatre ou moins cinq degrés, l'air était à peine plus froid que l'eau, mais peut-être que proférer jurons et imprécations leur réchauffait le corps. Dans la passerelle régnait une douce chaleur, le commandant ou le second qui étaient de quart avec le matelot à la barre ne juraient pas, ils se contentaient de donner des ordres et des consignes, le visage figé : on file, on laisse aller, on relève, on hisse, on vire. Puis la situation s'est améliorée, grandement, énormément : il suffisait de tracter le chalut entre dix et douze minutes pour qu'il remonte d'un coup à la surface où il jaillissait, comme gorgé d'air. C'était d'ailleurs le cas ; les prises écarlates enflaient lorsqu'elles étaient libérées de la pression des grands fonds, elles atteignaient la surface boursouflées, vomissaient leurs ouïes roses par la gueule comme si elles s'étaient époumonées à gonfler un ballon de baudruche ou à faire une bulle avec un gros chewing-gum. Chacun sait que le sébaste atlantique est d'un beau rouge vif, il ne se contente pas du bleu, du gris clair ou de simples taches jaunes contrairement aux autres poissons. Mais il est également redoutable : ses arêtes dorsales rigides sont suffisamment acérées pour traverser les gants en plastique et l'épaisseur des bottes. Heureusement, il ne nécessite que peu de manipulations, nul besoin de l'ouvrir ou de le vider, on le met tout en entier dans la cale. Nous l'attrapions à l'aide d'un crochet dans le bac rempli d'eau de mer où il était rincé, nous le déposions dans des paniers que nous vidions dans les rigoles inclinées descendant directement à la cale où une partie de l'équipage le réceptionnait. Lorsque le poisson arrivait, il fallait le mélanger avec la quantité de glace pilée adéquate. Livrée avant le départ, cette glace s'était transformée en un gros amas qui ressemblait maintenant à un glaçon. Un matelot équipé d'un pic la réduisait en morceaux, d'autres avaient des fourches avec lesquelles ils envoyaient le poisson dans les bennes, d'autres encore pelletaient une couche de glace sur chaque couche de sébaste, et ainsi de suite. Au fur et à mesure que le tas gagnait en hauteur, on ajoutait des montants de bois à la benne qui se fermait alors d'elle-même puisqu'elle atteignait le sommet de la cale. À la fin, ce n'était pas facile d'y pelleter le poisson, les marins devaient lever leur pelle ou leur fourche au-dessus de leur tête. Mais c'était simplement ainsi et il était inutile de se plaindre, on avait cependant le droit de maudire ce satané sébaste quand on se piquait sur ses arêtes dorsales, alors les jurons vous sortaient de la bouche, accompagnés d'un épais nuage de vapeur.

Parfois, quand la pêche était peu généreuse ou à peine moyenne, ceux qui travaillaient dans la cale pelletaient la dernière couche de glace sur la dernière épaisseur de poisson et ils avaient achevé leur travail pour quelque temps, même si ceux du dessus continuaient à tracter le chalut. Ils pouvaient alors ôter leurs vareuses et leurs bottes, aller se réchauffer dans la cantine, fumer une cigarette, boire un godet de café, se détendre en laissant libre cours à leur pensée, discuter de la marche du monde ou simplement écouter le ronron des conversations de leurs compagnons. Mais en ce moment, il n'en était pas question. En quelques instants, le chalut était plein jusqu'à la gueule et on le remontait du fond de l'océan. Le grincement des treuils perçait les tympans de ceux qui travaillaient sur le pont. Mouillés, pour ne pas dire aspergés, par les poulies ruisselantes qui tournaient à toute vitesse, ils passaient une main par-dessous leur vareuse, attrapaient une cigarette sans filtre dans leur poche de chemise et se penchaient vers celui qui, malgré l'humidité de sa boîte d'allumettes, avait réussi à allumer la sienne et protégeait la flamme entre ses paumes. Puis on hissait le poisson à bord par étapes. Il était exclu de remonter tout le chalut d'un coup si on ne voulait pas faire chavirer le navire. De toute manière, l'idée ne serait venue à l'esprit de personne puisque aucun des câbles à bord n'avait la solidité requise pour supporter une telle tension. Les poissons qui se trouvent tout au fond du filet, ce qu'on appelle le cul du chalut, sont hissés à l'aide d'un filin enroulé autour du cul et attaché à un crochet fixé à un treuil qu'on passe par-dessus le bastingage puis qu'on ramène au-dessus du pont. L'extrémité du chalut est fermée par un dispositif baptisé raban de cul qui ressemble aux nœuds de pendu comme on en voit dans les westerns, si ce n'est que celui-là se défait en tirant d'un coup sec. Cette opération est effectuée par le gréeur. Ce dernier se place sous le cul du chalut en vareuse et en suroît pour se protéger de l'eau de mer qui en ruisselle, il défait le raban puis court se mettre à l'abri et les prises se répandent aussitôt sur le parc. Et lorsque, comme dans notre cas, la pêche était excellente et qu'il restait encore du poisson qu'on n'avait pas eu le temps de charger dans la cale après le trait précédent, elles remplissaient le parc, atteignant jusqu'au rebord du bastingage. On avait alors besoin de tous les bras disponibles sur le pont pour envoyer les prises dans la cale avant de remonter le trait suivant, mais on n'y parvenait jamais vraiment. Ceux d'en dessous faisaient également de leur mieux pour suivre la cadence. Courbés, ils pelletaient le poisson et pilaient la glace sans relâche, certains étaient en chemise ou en maillot de corps malgré le froid. Sur les chalutiers comme le nôtre, les hommes passent d'ordinaire six heures sur le pont puis six autres dans les cabines et ainsi de suite. Une équipe était de nuit puis d'après-midi, l'autre du matin puis du soir. Mais lorsque la pêche est miraculeuse, cette routine est bousculée : les membres d'équipage disposent tout au plus de six heures par jour pour s'alimenter, se laver et se reposer, et personne ne s'en plaint. Les plus vieux prononçaient bien souvent la formule consacrée selon laquelle se priver de sommeil pendant une saison de pêche n'a jamais fait de mal à personne. D'autres affirmaient : « Nous aurons bien le temps de dormir une fois morts. » Tout le monde savait que quand l'abondance de la pêche abolissait la règle des six heures, la cale du navire se remplissait à toute vitesse et pendant la semaine que durerait le retour, chacun aurait amplement le temps de se reposer.

En résumé, le mardi, les filets se sont retournés, déchirés ou emmêlés, le mercredi, la situation a radicalement changé : l'équipage devait se démener pour hisser le poisson à bord et le charger dans la cale. Cela a duré toute la nuit, ainsi que la journée du jeudi et la nuit suivante. Le vendredi 7 février, nous avons continué à pêcher en abondance par temps calme et sur une mer peu agitée. La visibilité était suffisante pour qu'on puisse apercevoir les autres bateaux, le *Harpa* était dans les parages, le *Poséidon* avait annoncé son arrivée, de même que le *Garpur,* et il y avait aussi les Allemands de l'Ouest, les Britanniques, les Canadiens et les Russes, tous venus remplir leurs cales de sébaste écarlate aux arêtes dorsales acérées qui, lorsque vous vous piquez avec, vous causent des blessures qui s'infectent. Dans la journée du vendredi, le commandant du *Máfur* constata qu'ils en avaient bientôt fini. La cale serait sans doute remplie au cours de la nuit. À l'aube du samedi, il annonça à l'équipage qu'on ne ferait plus aucun trait. Il n'y avait plus qu'à engranger ce qui restait de poisson dans le ventre du navire, ensuite, il faudrait appareiller.

À son poste à la passerelle en ce samedi 7 février lorsqu'il vit les bancs de nuages noirs s'amonceler dans le ciel, le commandant comprit qu'il ne fallait pas trop tarder à reprendre la mer. La météo nationale canadienne avait diffusé un avis de tempête sur le Banc des mouettes tridactyles et les zones voisines. Or quand les vents violents de l'hiver s'abattent sous ses latitudes, la mer se déchaîne. D'autres signes indiquaient que quelque chose se préparait : par exemple, personne n'avait aperçu le vol quotidien des mouettes dans le ciel alors qu'en général, elles ne manquaient jamais leur rendez-vous matinal. Les remous s'amplifiaient sous la coque, ce qui signalait l'approche d'une tempête même si l'eau était presque lisse en surface autour du *Máfur* qui, le ventre alourdi de près quatre cents tonnes, s'élevait et s'affaissait au gré des vagues. Le jour aurait dû se lever depuis bien longtemps, or il faisait encore étrangement sombre : le ciel était couleur cendre, presque noir, même si on ne distinguait pas les nuages en surplomb. Qui plus est, le baromètre avait chuté subitement. Voyant la position de l'aiguille, le commandant avait tapoté l'instrument fixé à la cloison et elle s'était arrêtée plus bas encore, sur le mot *STORM* inscrit en langue étrangère. Le parc regorgeait de poissons que les matelots se pressaient de charger dans la cale, personne ne prendrait aucun repos tant que cette tâche ne serait pas achevée. Les deux chaluts gisaient sur le pont, mais leurs volets pendaient encore par-dessus bord, accrochés aux potences. Les matelots devaient les hisser et les attacher, mais il fallait du temps pour arrimer et garantir les chaluts comme on le faisait d'habitude. Le maître d'équipage et quelques autres décidèrent donc d'entasser le tout sous le gaillard d'avant en le lestant de chaînes. On enroula les funes sur les treuils qu'on bloqua à l'aide de solides cadenas. En cas de tempête, mieux valait ne pas avoir à s'inquiéter de câbles qui risquaient de se détacher et d'endommager le gouvernail et l'hélice.

Le jeune Lárus avait salué ses parents d'un geste de la main avant de les regarder s'éloigner dans leur jeep puis il avait embarqué sur le *Máfur*. Il était ensuite monté directement à la passerelle pour se présenter au premier lieutenant qui lui avait dit que l'ensemble de l'équipage serait d'ici peu à bord : ils allaient bientôt lever l'ancre et il pouvait aller choisir sa couchette dans la cabine des matelots, sous le gaillard, tout à l'avant du bateau. Il y avait également du café chaud à la cantine. Lárus avança sur le pont, son sac de marin à l'épaule, il ouvrit la porte en acier du gaillard et descendit quelques marches. Il tomba alors sur deux couchettes à l'air saturé de fumée, où étaient allongés deux hommes qui parlaient fort et d'une voix avinée, il n'osa pas entrer. D'autres marches conduisaient plus bas, il les emprunta et arriva à une seconde cabine équipée de couchettes à bâbord et tribord. Là, il n'y avait personne. Deux ou trois d'entre elles étaient occupées par des sacs de marin usés et sur une autre, il aperçut une couverture brodée. Il en choisit une dans la rangée supérieure, la débarrassa des saletés qui l'encombraient et y posa ses affaires. Les élucubrations alcoolisées de la cabine du dessus se mêlaient aux grincements engendrés par le frottement de la coque contre les pneus destinés à atténuer les chocs et disposés à la verticale sur le flanc de la jetée. Il alla ensuite à la cantine où il rencontra le garçon de cuisine, un jeune homme de son âge qui lui offrit du café et une tartine de pain blanc surmontée d'une tranche de fromage. Le premier lieutenant, qui l'avait accueilli à la timonerie, passa la tête dans l'embrasure en lui annonçant qu'on faisait monter le dernier matelot et qu'on s'apprêtait à appareiller. Il le pria d'aller au gaillard d'avant pour aider à ramener les aussières à bord, ajoutant qu'il pourrait ensuite aller se reposer, mais qu'il devait s'attendre à être appelé à la barre : « Tu n'as pas bu une goutte, n'est-ce pas ? » Le bruit du moteur s'amplifia tout à coup. Lárus se contenta de hocher la tête puis rejoignit le gaillard où un autre matelot l'attendait. Ils observèrent les deux hommes qui s'acharnaient à faire avancer sur la passerelle d'embarquement un troisième marin de corpulence imposante et complètement ivre qui ne l'entendait pas de cette oreille, les repoussait et leur conseillait d'aller au diable avec leur maudit rafiot. Le premier lieutenant vint leur prêter main-forte. Tous trois poussèrent le géant sur la passerelle et disparurent avec lui sous le gaillard d'avant. Lárus n'avait pas bien distingué son visage, mais il lui semblait l'avoir vu quelque part. Le colosse s'esclaffait maintenant comme un ogre. La porte en acier du gaillard se referma sur son rire. Sur la jetée, des hommes détachaient les aussières des bittes d'amarrage. Lárus et son compagnon hissèrent les épais cordages à bord. Le chalutier se mit à reculer, l'hélice fit bouillonner l'écume à la surface de l'eau, la proue s'éloigna peu à peu du ponton, on libéra les aussières de la poupe et le *Máfur* se dirigea vers l'entrée du port où des phares clignotaient sur les môles à bâbord et tribord. On apercevait également les feux et balises qui délimitaient le chenal dans le détroit de Sundin. Ils dépassèrent un cargo et deux autres chalutiers, les lumières de la ville commencèrent à s'éloigner, c'était le début d'une longue traversée qui les conduirait sur les zones de pêche de Terre-Neuve, au large des côtes nord-américaines.

En redescendant à la cabine inférieure, Lárus trouva le géant, que les matelots avaient embarqué de force quelques instants plus tôt, et qui ronflait tout habillé sur une des couchettes. Il reconnut aussitôt le maître d'équipage de l'autre chalutier sur lequel il s'était engagé avant Noël pour aller pêcher dans la nuit polaire sur les mers du Septentrion.

Il s'installa. Les mouvements du navire allaient s'amplifiant à mesure qu'ils s'éloignaient de la terre ferme. La proue, où il était allongé, s'élevait et s'affaissait. Les martèlements réguliers du moteur diesel, situé à l'arrière, se transmettaient à l'ensemble du bateau. Partout, dans les cloisons, les planchers et les couchettes, on ressentait les vibrations. L'écho de voix sonores et de bouteilles entrechoquées lui parvenait depuis la cabine supérieure. Dans la couchette voisine, l'ogre ronflait, marmonnait et grommelait. Lárus sombra dans le sommeil, bercé par ces sons. Il fut réveillé par un grand fracas. Incapable de dire combien de temps il avait dormi, il avait l'impression de voler. L'odeur des matelas et des vêtements sales flottait dans la cabine inférieure qui puait aussi l'humidité, le poisson, le goudron et le tabac froid : ces relents le prenaient à la gorge et au nez et lui donnaient le tournis. Malgré l'épaisse couverture sous laquelle il transpirait, il avait froid. D'habitude, il ne souffrait pas trop du mal de mer, mais les plongeons du navire gagnaient en profondeur, il avait l'impression que son corps se soulevait de sa couche comme dans un ascenseur lancé à toute allure puis que, quelques instants plus tard, la terre se dérobait sous ses pieds ou plus exactement sous son dos. Le bateau était comme en chute libre puis cette chute sans fin s'arrêtait net, interrompue par des bouillonnements et des éclaboussures et, à nouveau, il entendait ce fracas titanesque, comme si l'étrave toute proche de son oreille venait de heurter une énorme masse rigide. Le navire continuait cependant à se comporter de la même manière, il s'élevait et s'affaissait tour à tour. À chaque plongeon plus profond, on entendait à nouveau cet énorme fracas, comme si quelqu'un, peut-être le dieu Þór lui-même, frappait la coque en acier de son gigantesque marteau, juste à côté de la proue, tout près de l'oreille de Lárus. Plus il réfléchissait, plus il était persuadé qu'il y avait un problème, que quelque chose de grave se produisait, qu'on entendrait bientôt des cris ordonnant à tout l'équipage de monter sur le pont, que leur navire en détresse ne tarderait plus à sombrer. On n'entendait pourtant aucun cri d'alarme en dehors des voix rauques et alcoolisées des deux hommes dans la cabine supérieure – mais que savaient-ils du danger, ils étaient bien trop soûls pour s'inquiéter d'une broutille comme un naufrage. Il en allait de même du géant qui ronflait à côté. L'étrave se souleva à une hauteur vertigineuse en s'inclinant sur bâbord, où Lárus était allongé. Il la sentit claquer à la surface des flots puis entendit à nouveau un énorme fracas, plus impressionnant encore que tous les précédents. Terrifié, il se leva d'un bond, chercha à tâtons ses chaussures en caoutchouc, enfila un chandail et un pantalon puis monta jusqu'à la porte d'acier qu'il ouvrit d'un coup sec et inspecta les alentours. Les hublots de la passerelle de commandement étaient noirs, on distinguait toutefois une petite lueur derrière l'un d'eux, les feux latéraux du navire éclairaient l'écume qui filait le long de la coque, des gerbes d'eau de mer jaillissaient sur le pont chaque fois que l'étrave fendait une vague. Lárus ouvrit la porte en acier et s'avança jusqu'à la coursive sous l'aile du château, il entra, puis monta à la passerelle. Il y trouva le second capitaine, enveloppé dans la fumée de sa pipe, et un homme à la barre, une cigarette à demi consumée aux lèvres. Tous deux levèrent les yeux en le voyant, leur attitude n'était aucunement hostile, ça les changeait peut-être un peu de recevoir de la visite à la timonerie plongée dans la pénombre. Lárus comprit qu'ils attendaient qu'il dise quelque chose et qu'il leur explique ce qui l'amenait. S'efforçant d'avoir l'air serein, il se renseigna sur leur position, mais sa voix chevrotante trahissait sa peur. Le second lui demanda s'il était malade ou s'il avait du mal à trouver le sommeil. L'homme à la barre le regarda avec apitoiement et rejeta vers lui son nuage de fumée. Lárus toussota et répondit qu'il allait bien, mais qu'il entendait régulièrement des bruits assourdissants là où il dormait, à côté de l'étrave, comme si le navire heurtait régulièrement des balises. Le second échangea un regard avec l'homme de barre, tous deux affichèrent un sourire complice. Le second répondit qu'il espérait que le navire n'avait pas dégommé toutes les balises qui se trouvaient sur sa route. Cela dit, ils traversaient les courants particulièrement violents au large du cap de Reykjanes et la mer était grosse. Or chaque fois que le navire fendait la vague, l'ancre, qui se trouvait sur bâbord, se soulevait légèrement puis frappait l'acier de la coque lorsque l'étrave retombait sur les flots. Ce n'était pas nouveau. Feignant l'insouciance, le matelot Lárus demanda si on ne pouvait pas remédier à ce problème. Le second lui répondit que c'était sans doute possible, mais qu'il n'était pas certain qu'on le fasse un jour, les armateurs ne se bousculaient pas pour intervenir même quand les équipages se plaignaient de désagréments. Les matelots de l'*Eyfirðingur*, immatriculé dans le Nord, qui avaient eux aussi mis le cap à l'ouest, avaient pendant longtemps signalé que leur navire avait un peu trop tendance à prendre l'eau, le bateau avait d'ailleurs fini par être surnommé « l'Immersible », son étrave plongeant un peu trop profond dans la vague. Mais personne n'avait rien fait jusqu'au moment où, des années plus tard, on l'avait mis en cale sèche. Les techniciens avaient alors remarqué par hasard que le réservoir de carburant situé à l'avant était plein, et ce depuis que le bateau était sorti du chantier naval, alors que tout le monde le croyait vide. Il y avait là quelque cent tonnes qui entraînaient l'étrave vers le bas.

Le pont du *Máfur* est lui aussi souvent submergé, reprit l'homme de barre, quelqu'un a-t-il pris la peine de vérifier s'il n'est pas également équipé d'un réservoir à l'avant ? Non, le second ne pensait pas que quiconque l'ait fait, du reste, le navire ne plongeait quand même pas autant à l'avant que l'*Eyfirðingur*. L'homme à la barre était le matelot le plus âgé à bord, il allait sur ses soixante-dix ans. Plus tard au cours de cette campagne de pêche, Lárus lui demanderait pourquoi il ne mettait pas un terme à cette vie d'esclavage. Le vieux répondrait alors : « Je ne connais rien d'autre. »

Le second prit congé de Lárus l'informant qu'il l'attendait à la barre le lendemain matin, le jeune matelot regagna le gaillard d'avant dès que l'eau de mer cessa de ruisseler sur le pont. De retour à la cabine inférieure, allongé sur sa couchette, il entendit à nouveau le fracas de l'ancre contre la coque, il était cependant rassuré de savoir que ce bruit ne signalait pas la fin du monde. Le maître d'équipage, ce titan, continuait de ronfler. Pendant la dernière campagne de pêche de Lárus, là-bas, dans la nuit éternelle au nord du cercle polaire, on avait découvert que le bouchon d'un des réservoirs avait perdu de son étanchéité. Ce bouchon était censé être parfaitement hermétique quand on le vissait à fond, mais le pas de vis avait dû se fausser. Lárus n'avait jamais su s'il s'agissait du réservoir d'eau douce ou de diesel, placé juste en dessous. Les mécaniciens avaient fini par s'y mettre à trois en se couchant sur une grosse pince, ils avaient serré aussi fort que possible et avaient réussi à l'enfoncer légèrement. Malgré ça, le réservoir n'était pas encore tout à fait étanche, le maître d'équipage avait alors attrapé une tenaille qu'il avait placée sur ce bouchon. Il s'était contenté de donner un demi-tour d'une seule main, ce qui avait suffi à régler le problème.

À son retour après cette campagne de pêche dans la nuit polaire, le maître d'équipage avait hâte de retrouver la terre ferme, mais également sa compagne et la fille de cette dernière. Ils vivaient ensemble depuis plus d'un an, en tout cas, quand il n'était pas en mer. Mais ses absences étaient interminables parce qu'à cette époque, on se bousculait dans les eaux islandaises : une foule de chalutiers anglais ou allemands venaient y pêcher, c'était la Guerre de la morue, certaines nations étrangères n'acceptaient pas que l'Islande ait étendu la limite de ses eaux territoriales. Les Britanniques avaient envoyé des vaisseaux militaires pour protéger leurs chalutiers contre les interventions de bateaux plus petits que les Islandais nommaient garde-côtes, mais que les Anglais appelaient canonniers. Cette situation avait conduit les chalutiers islandais à s'aventurer dans des zones de pêche plus lointaines comme celles du Groenland, de la mer de Barents, tout près du Spitzberg et de Jan Mayen, et depuis peu, celles de Terre-Neuve, riches en sébaste. Les matelots rentraient après plusieurs semaines d'une vie routinière où ils avaient passé douze heures à travailler d'arrache-pied tous les jours, mangeant à la cantine, trouvant quelques instants pour faire leur toilette, se peigner et, parfois, se plonger dans un livre. Le reste du temps était consacré au sommeil et au travail. Au travail et au sommeil. On ne s'autorisait pas la moindre distraction et on n'avalait pas une goutte d'alcool. Or que fait un matelot lorsqu'il regagne enfin le port ? Ce qu'ont sans doute fait les gens restés à terre tous les week-ends pendant qu'il était parti pêcher : on enfile ses plus beaux vêtements, chemise blanche et cravate noire, on cire ses chaussures, on va faire un tour à la taverne de Röðull ou à la salle commune de Breiðfirðingabúð. De toute manière, on passe au Ríkið, la Boutique des Alcools, et on se réchauffe en buvant quelques verres. Le problème, c'est que les chalutiers n'accostent jamais le week-end, ils arrivent peut-être un lundi ou un mardi, ces journées les plus creuses et les plus banales de la semaine où tout le monde travaille. Alors, les loups de mer déjà titubants prennent un taxi, les jambes flageolantes comme tous ceux qui sont privés d'alcool pendant qu'ils sont en mer, ils comptent bien rattraper toutes ces longues semaines d'abstinence et se reposer de cet esclavage. C'était en général tout ce que le maître d'équipage désirait dès qu'il accostait, il aurait voulu goûter aussitôt la joie du retour à la maison, serrer sa compagne dans ses bras, plonger dans le regard lumineux de la petite fille, mais cela devait attendre. Quand il rentrait enfin chez lui en taxi, chemise blanche toute froissée, cravate de travers, une bouteille d'alcool bien entamée à la main, ayant usé sur l'asphalte mouillé les semelles en nylon de ses chaussures du dimanche, la joie des retrouvailles était fatalement émoussée.

Or lorsqu'il avait accosté, en plein jeûne de Noël, après cette longue et ennuyeuse campagne de pêche dans le Grand Nord, cinq semaines qui ne lui avaient rapporté guère plus que l'argent nécessaire à sa subsistance, il était évidemment impatient de rentrer chez lui pour se coucher dans un lit propre et douillet, sous une couette immaculée, aux côtés de sa compagne. Il pourrait enfin dormir tout son soûl, gazouiller avec la petite et profiter de la présence d'une famille aimante. Mais voilà, un maître d'équipage ne saute pas sur le quai aussitôt après l'accostage : il doit d'abord s'acquitter d'un grand nombre de tâches et, lorsqu'il peut enfin descendre sur la jetée pour se mettre en quête d'un taxi, certains matelots ont déjà la bouteille à la main. Un de ceux qui avaient travaillé sous ses ordres était allé à la salle commune du port pour y commander un « bon » taxi, lequel était immédiatement arrivé avec deux bouteilles d'aquavit. Ces dernières trônaient sur la table et, évidemment, lorsque le maître d'équipage était venu récupérer son sac de marin, les autres avaient hélé l'Hercule, le géant, le héros : « Ohé, tu ne veux pas qu'on t'offre un petit verre pour te réchauffer ? » Or le froid et l'ensemble de la nuit polaire l'avaient pénétré par tous les pores, gagnant jusqu'au fond de son âme : comment se refuser un peu de chaleur dans de telles conditions ? Cela ne lui ferait pas de mal. Il s'était attardé à leur table et, sans qu'il puisse rien y faire, s'était retrouvé avec eux dans le bar installé au sous-sol d'Alþýðuhúsið. Ce ne fut que le lendemain qu'il avait enfin pensé à appeler un taxi pour rentrer chez lui. Il s'était endormi, il s'était réveillé, avait bu encore quelques verres pour se donner du courage, mais lorsqu'il était arrivé, sa compagne en avait eu définitivement assez, elle le lui avait dit, ce n'était pas une vie d'être avec un homme qu'elle ne voyait qu'épisodiquement, qui plus est, complètement ivre, et un quart d'heure après le retour de son marin, elle avait fait ses bagages et ceux de la petite puis était montée dans un autre taxi. Le maître d'équipage était resté là en se disant qu'il avait la force de caractère suffisante pour surmonter cette épreuve, ce n'étaient pas les caprices du cœur d'une femme qui lui feraient perdre la tête. Il l'avait pourtant perdue et, le soir même, était allé se jeter dans la mer pour mettre un terme à tout ça. Il avait exécuté la première partie de son projet. Il s'était en effet immergé dans la crique en contrebas de la station-service de Fossvogur et avait commencé à marcher vers le large. Il n'était toutefois pas allé jusqu'au bout. Bien que toujours convaincu que la vie ne valait rien, la perspective de mourir noyé lui avait subitement semblé repoussante, la mer était son lieu de travail, l'eau était froide et sale, et l'idée de laisser cette cochonnerie lui emplir la bouche, le nez et les poumons, puis de périr, grelotant, lui était apparue insupportable. Il pouvait sans doute aussi tout régler sur la terre ferme, chaudement vêtu, peut-être même en bonne compagnie. Il était donc allé retrouver ses vieux amis, résolu à se soûler avec eux, et à mourir ivre en riant aux éclats. Il avait œuvré à ce projet avec assiduité pendant plus d'un mois, il lui semblait que les choses avançaient puisqu'il vomissait du sang depuis des jours. Il n'en avait pas encore tout à fait terminé quand, par faiblesse, il s'était laissé convaincre de s'engager pour cette campagne de pêche sur le *Máfur*. Alors qu'il était en route vers le navire, il s'était subitement rappelé sa décision de se soûler à mort. Voilà qui expliquait sa colère quand les matelots l'avaient traîné ou plus exactement porté à bord. On s'employait décidément à contrarier tous ses plans.

Le lendemain matin, à sept heures, Lárus monta à la barre vêtu d'un chandail, d'un pantalon épais et de chaussures en caoutchouc. Il faisait encore nuit noire, il en va ainsi, loin au nord, à la fin du mois de janvier. Ils voguaient en pleine mer, vers le sud-ouest, en direction du cap Farvel, la pointe sud du Groenland. Ici, on n'avait aucun point de repère, on n'apercevait aucune terre, aucun phare, et les autres navires étaient trop éloignés pour qu'on puisse les voir. La mer était mauvaise, la pluie battait les hublots de la passerelle, ils naviguaient contre les vents et les courants, lorsque l'étrave fendait les vagues, il arrivait que des gerbes d'eau submergent le gaillard d'avant puis viennent s'abattre sur la passerelle et ses hublots. Les feux de navigation sur les flancs du navire étaient allumés, mais la passerelle était plongée dans les ténèbres si l'on excluait la clarté qui émanait des instruments de navigation : le radar et le compas grâce auxquels Lárus était censé se repérer. Il suivait la ligne de foi au sud-ouest. Debout à la barre, il essayait de maintenir le cap alors que les vagues et les courants faisaient dévier la proue de quelques degrés, il devait alors virer légèrement de bord pour corriger la course du navire, mais en douceur, de manière qu'il ne s'écarte pas trop de sa route. En dépit de sa brièveté, son expérience sur les chalutiers lui avait enseigné que pour les hommes de barre, ceux qui tenaient la roue en bois que les plus vieux marins appelaient le timon, c'était une question de fierté professionnelle de savoir la manier avec dextérité. Lárus faisait de son mieux, il s'énervait quand il virait trop pour corriger le cap, quand il virait trop à tribord, mais cela n'arrivait que rarement. En réalité, il se débrouillait très bien, d'ailleurs, le second ne se plaignait pas, non plus que le commandant qui n'avait pas tardé à monter à la passerelle, son gobelet de café à la main pour relever son collègue. Les deux hommes échangèrent quelques mots à voix basse à propos du temps qu'il faisait et de l'état de la mer, le commandant adressa un signe de tête à Lárus qui crut bon de se présenter nommément. L'officier hocha à nouveau la tête en disant : « Très bien, mon petit. » Puis il alla dans la salle des cartes à l'arrière, où se trouvaient la radio et les équipements de communication, laissant Lárus seul à la manœuvre. Alentour, on ne voyait que l'infini de l'océan, le jour se levait, le monde était entièrement gris et blanc, que ce soit les vagues, l'écume, le ciel ou même les quelques oiseaux de tempête qu'on apercevait par moments. Lárus vit un goéland brun suivre le navire. Un jour, dans un livre sur la faune islandaise qu'il avait reçu en cadeau de Noël, il avait lu que le nom latin de cet oiseau était *Larus fuscus* – toutes les espèces de goélands s'appelaient *Larus* quelque chose, exactement comme lui.

Les matelots se réveillaient, ils sortaient du gaillard d'avant et marchaient à pas prudents vers l'arrière du pont, où se trouvaient la cuisine et la cantine. Lárus avait essayé d'avaler un café avant de prendre la barre, un café au lait sucré comme il en buvait chez ses parents, mais les nausées qui l'avaient envahi dans la cabine où il écoutait les martèlements de l'ancre sur la coque étaient revenues immédiatement. Il avait vidé sa tasse dans l'évier. Ces haut-le-cœur avaient disparu dès qu'il était monté à la barre où il se tenait, faisant porter le poids de son corps sur une jambe puis sur l'autre pour accompagner les mouvements du navire et garder l'équilibre. Un homme arriva, c'était le radio. Il se présenta à Lárus, salua le commandant qui lui répondit tout bas. Il alla s'installer à son poste. On entendit des interférences et des voix dans la radio, l'opérateur répondit, communiqua l'indicatif d'appel du *Máfur*, échangea quelques mots avec ses interlocuteurs puis annonça : *Terminé.* Il revint en disant qu'il avait parlé à ceux du *Harpa* et du *Garpur*, les deux chalutiers les précédaient de peu, ils avaient environ une demi-journée d'avance. Il avait également appris que le *Poséidon* avait été retardé et qu'il était encore à quai. Il faisait maintenant assez clair dans la passerelle pour que Lárus puisse observer l'intérieur : il la trouvait étonnamment propre et soignée, un tapis vert recouvrait le sol, les murs étaient habillés de bois sombre, les appareils de navigation consciencieusement briqués et rutilants, tout comme les poignées des portes et l'encadrement des hublots. Il y flottait une légère odeur de carburant qui se mêlait à celles, tout aussi discrètes, de poisson et de tabac. Debout à tribord, le commandant se tenait face au hublot équipé d'un essuie-glace qui évacuait la pluie et les embruns. À côté, il y avait le transmetteur d'ordre, muni d'un levier mobile qui venait se placer sur des indications : *avant toute, avant demi, avant lente, avant très lente, stop, arrière* – tous ces termes étaient en anglais : *full, half, slow, dead slow, stop, astern.* Cet appareil permettait d'informer les mécaniciens de l'allure à laquelle il fallait naviguer. Le commandant avait également à sa disposition un tube en cuivre relié à la salle des machines. Il pouvait y donner des ordres à la voix et écouter la réponse des mécaniciens. Ce quinquagénaire aux cheveux bruns qui commençait à grisonner était de taille moyenne et de nature plutôt taciturne. Il répondait le plus souvent par des marmonnements quand l'opérateur radio ou le second lui communiquait des informations. En revanche, lorsqu'il s'adressait à la salle des machines par le tube en cuivre ou aux matelots depuis la passerelle, sa voix sonnait fort et clair. Plus tard au cours de cette campagne de pêche, Lárus apprendrait qu'il lui arrivait de crier, par exemple, quand il donnait des ordres à ceux qui travaillaient sur le pont, on l'entendait alors distinctement malgré le sifflement des poulies et le mugissement du vent. L'un des matelots confierait plus tard à Lárus qu'il avait une voix tellement puissante et sonore que, lorsque les navires étaient nombreux sur le Hali, une zone de pêche située dans les eaux territoriales islandaises, il suffisait que le brave homme donne à ses marins l'ordre de mettre le chalut à l'eau pour que les matelots des vingt chalutiers alentour en fassent de même.

Dès qu'on s'était débarrassé de la chaloupe de bâbord, le *Máfur* s'était redressé d'aplomb sur sa quille, presque stable, comme lesté. Le commandant se tenait à côté du transmetteur d'ordre et du tube en cuivre reliés à la salle des machines, face au hublot béant qui s'était brisé lorsqu'on avait tenté d'en éliminer la glace. Il scrutait la houle qui soulevait le navire puis le précipitait dans les creux. Selon lui, ces vagues mesuraient entre quinze et vingt mètres. On devait absolument maintenir le cap face au vent et au courant, il était impossible au *Máfur* de naviguer par vent arrière, alourdi qu'il était par les gangues qui s'étaient formées autour du gaillard d'avant, du guindeau de l'ancre et du bastingage. Si on s'y risquait, la première déferlante qui s'abattrait sur la poupe ferait plonger l'étrave dans les profondeurs de ces lames titanesques. Pourtant, c'était plutôt étrange de maintenir ce cap et cette allure puisque, de cette manière, on s'enfonçait toujours plus loin dans des eaux de plus en plus froides. Mais ça ne servait à rien d'y penser. Le capitaine savait que, tôt ou tard, il devrait envoyer des hommes pour tenter de libérer le gaillard de sa prison de glace. Pour l'instant, cette expédition était trop périlleuse, il fallait attendre une accalmie, même légère, les énormes vagues submergeaient le gaillard sur lequel on n'avait aucune prise. Il espérait également que le moteur ne subirait pas d'avarie, cela n'arrivait que très rarement à cette mécanique robuste et fiable venue d'Angleterre. On le mettait cependant à rude épreuve en changeant constamment de régime : avant toute, avant lente, stop, arrière toute, et à ce rythme, une pièce risquait de lâcher. Un groupe de matelots se démenait sur le toit de la passerelle, on entendait des martèlements et des grincements. Là-haut, tout était gelé, y compris le radar qui avait cessé de tourner, privant l'équipage de toute possibilité de savoir si d'autres bateaux se trouvaient à proximité. Le *Harpa* avait cessé de répondre aux appels, on avait entendu les *Mayday* de deux ou trois navires étrangers, mais ce n'était pas très clair tant la radio était brouillée par les interférences. Un autre groupe d'hommes s'occupait également de casser la glace sur le toit du bâtiment plus modeste qui se trouvait à l'arrière de la passerelle, et qu'on appelait le Caisson. Comme leurs compagnons, ils avaient reçu l'ordre formel de toujours s'attacher par des cordages à des parties fixes du bateau. Malgré ça, le commandant n'aimait pas les savoir à l'extérieur. Le pire cauchemar d'un capitaine, c'était qu'il arrive quelque chose à ses hommes. Rien n'était plus agréable que d'entendre un vieux loup de mer qui avait passé sa vie aux commandes raconter que jamais il n'avait perdu ne serait-ce que le petit doigt d'un de ses membres d'équipage. Balayant ses préoccupations, une vague monstrueuse à crête écumante approcha, aussi haute et massive que l'immeuble flambant neuf du journal *Morgunblaðið*. Il eut tout juste le temps d'ouvrir d'un coup sec la porte de la passerelle et de hurler « Déferlante !! » aux hommes qui travaillaient sur le Caisson, puis de la refermer avant que la vague ne s'abatte. Le bateau fut envoyé sur le côté malgré son poids, la vague retomba sur le château et des gerbes d'eau entrèrent par le hublot béant, le *Máfur* se coucha sur tribord, l'inclinaison était si forte que ceux qui se trouvaient sur la passerelle durent se cramponner de toutes leurs forces. Puis la vague passa, mais le *Máfur* refusa de se redresser. Ruisselant, le commandant rouvrit la porte et ordonna aux hommes sur le Caisson de rentrer. Ils arrivèrent : premier, deuxième, troisième, quatrième… et enfin, tous étaient là, trempés, transis, mais vivants. Le commandant remit le transmetteur d'ordre en machine avant demi, le navire donnait tant de gîte qu'il craignait que l'hélice ou le gouvernail ne sortent de l'eau, ce serait alors la fin de l'histoire du *Máfur* et de son équipage. Il cria également ses ordres dans le tube en cuivre, les gars de la salle des machines étaient aux aguets, le moteur ronronnait, les pompes transvasaient le carburant vers les réservoirs de bâbord. Ceux qui venaient de redescendre du Caisson étaient manifestement en état de choc. Trois d'entre eux étaient assis, les jambes étendues sur le sol, comme des gamins apeurés, baissant les yeux ou regardant dans le vide, droit devant eux. D'autres matelots étaient arrivés, l'air terrifié, par les marches glissantes comme une patinoire qui montaient à la passerelle. Il y avait également là ceux qui avaient libéré la chaloupe de tribord plus tôt dans la matinée, et le premier lieutenant qui demandait s'il ne valait pas mieux se délester aussi de celle de bâbord. Le commandant n'appréciait pas qu'une grande partie de l'équipage apprenne qu'on risquait d'en arriver à de telles extrémités, que ses hommes sachent qu'en cas de naufrage, ils n'auraient plus aucun moyen de s'en tirer. On eût dit que le premier lieutenant lisait dans ses pensées. « Il n'y a pas de canots en caoutchouc sur ce bateau ? » demanda-t-il. Ce sur quoi, après en avoir reçu l'ordre, il alla sur le pont des chaloupes avec deux autres, armés de pics à glace. Les trois hommes s'attachèrent au bastingage. Après quelques coups et martèlements que les autres écoutèrent, hâves et silencieux, on entendit une masse tomber avec fracas sur les flots. Le chalutier se redressa peu à peu. Lentement, mais sûrement. Le moteur fonctionnait, l'hélice tournait, le gouvernail répondait, la tempête soufflait, les vagues frappaient le navire, chaque éclaboussure retombant sur l'acier gelant aussitôt. Tous savaient que les eaux sur lesquelles ils voguaient étaient en dessous de zéro degré, ils se trouvaient dans le courant froid descendu du pôle Nord, le courant du Labrador. Ils auraient dû aller plus au sud, vers des eaux plus tièdes, mais pour les atteindre, il aurait fallu qu'ils offrent leur poupe à la tempête, qu'ils naviguent vent arrière et plein sud. Or ce n'était pas raisonnable étant donné les conditions, pas plus que quoi que ce soit d'autre. Ils n'avaient pas arrêté de casser la glace et elle continuait à s'accumuler. Les grandes potences à chaluts avaient disparu sous une épaisse calotte dont la hauteur atteindrait bientôt les hublots de la passerelle, et il y avait aussi cette gangue qui emprisonnait le gaillard. Le comportement du navire s'était amélioré après qu'ils s'étaient débarrassés des chaloupes, mais les choses ne tardèrent pas à se gâter à nouveau. Il fallait équiper la majeure partie de l'équipage d'outils efficaces : des marteaux, des pics à glace, des barres de fer, des bouts de tuyaux en métal, on n'avait plus qu'à espérer qu'ils auraient le dessus sur les paquets de mer, le froid, la glace et le givre, en priant Dieu que le temps ne se dégraderait pas davantage. Ce dimanche 8 février, il était presque midi et un fumet agréable montait de la cuisine. Voilà qui vous réconciliait avec la vie, il en va toujours ainsi de l'odeur d'un bon repas, y compris lorsqu'il s'agit du dernier accordé aux condamnés – mais, que savons-nous de ce qu'ils ressentent ? Le commandant pria la moitié des matelots présents dans la passerelle de sortir casser la glace. Quant aux autres, qui avaient essuyé sur le Caisson la vague scélérate qui avait failli tous les noyer, il leur ordonna de descendre prendre un repas chaud à la cantine puis d'aller relayer leurs compagnons. Il appela ensuite dans le tube en cuivre le chef mécanicien qu'il pria de monter le rejoindre. Il souhaitait lui demander son avis à propos des potences à chaluts et voir si on ne pouvait pas tenter de démarrer les poulies d'un coup sec dans l'espoir qu'elles se libèrent ainsi de leur gangue.

Le chef mécanicien avait à peine plus de vingt ans, ce qui ne l'empêchait pas d'être le responsable de la salle des machines. Ils étaient cinq à y travailler : trois ouvriers et deux graisseurs. En ce moment, deux hommes s'occupaient du moteur de manière à pouvoir réagir promptement aussi bien aux ordres de la passerelle qu'à tout ce qui pouvait dérailler dans la mécanique, leurs collègues étaient sortis casser la glace, prenaient un peu de repos ou s'occupaient de scier des tuyaux métalliques pour en faire des outils. Le premier mécanicien avait fait ses classes sur un gros diesel comme celui du *Máfur*, un Ruston de 1 322 chevaux ; ses aînés étaient plus habitués aux moteurs à vapeur qui avaient, pendant longtemps, équipé les chalutiers islandais. Lorsqu'on travaillait à la salle des machines, dans la chaleur étouffante et le bruit assourdissant, on pouvait d'une certaine manière faire abstraction des dangers de la mer même s'il était impossible de les oublier complètement. On se concentrait si intensément sur le cœur du navire en veillant à ce qu'il continue à battre que le temps qu'il faisait à l'extérieur semblait aussi abstrait que cette guerre mondiale qui avait fait rage à l'étranger. Mais lorsqu'on montait à la passerelle et qu'on découvrait la situation de ses propres yeux par les hublots, on ne pouvait que prendre peur et serrer les dents.

La semaine de navigation nécessaire pour atteindre la zone de pêche était généralement calme. On naviguait à l'estime. En s'appuyant sur le compas et la distance parcourue, évaluée par le loch, une sorte de bobine à laquelle est accroché un fil qui se déroule plus ou moins vite derrière le bateau. Les officiers calculaient la vitesse moyenne en tenant compte d'une marge d'erreur raisonnable, puis en déduisaient la position chaque fois qu'on venait relever l'homme de quart au gouvernail. On confia plusieurs fois la barre au jeune Lárus. Il s'y plaisait, il voyait dans cette charge quelque chose de grandiose et de solennel, il en avait fait part à ses supérieurs. Il était là avec le second, le premier lieutenant, et parfois même le commandant. On y recevait la visite des mécaniciens, du cuisinier et des matelots, désireux de connaître la distance parcourue, et on y voyait régulièrement l'opérateur radio qui savait tant de choses. Cet homme s'occupait également de la bibliothèque du navire, constituée de deux caisses contenant chacune quarante livres prêtés par la Bibliothèque municipale de Reykjavík, ces caisses passaient d'un navire de la flotte de pêche à l'autre, on en renouvelait le contenu plusieurs fois par an de manière que les équipages puissent varier leurs lectures.

Peu de choses à bord nécessitaient de l'attention pendant ce long voyage. Les officiers de quart étaient évidemment à la passerelle, les cuisiniers préparaient les repas et s'acquittaient des travaux de nettoyage, les mécaniciens veillaient au bon fonctionnement des moteurs et les graissaient tout en réparant ce qui avait besoin de l'être. Les matelots quant à eux étaient plutôt tranquilles. Le premier jour, une bonne partie était assommée par la gueule de bois, mais dès la deuxième matinée de navigation, tous étaient à pied d'œuvre. Les ramendeurs et les plus expérimentés vérifiaient les équipements de pêche ; on jetait souvent un œil aux filets pendant l'aller pour s'assurer qu'ils n'étaient pas déchirés ou endommagés, mais les deux chaluts du *Máfur* avaient été inspectés juste avant le départ, on les laissa donc là où ils étaient stockés. Les matelots examinaient les câbles, les funes et les cordages dont certains demandaient à être épissés ou consolidés. Cette tâche complexe qui plaisait à quelques-uns exigeait à la fois force et dextérité. À l'aide d'un épissoir, un gros poinçon d'acier, ils remplaçaient les torons usés des cordages ou des câbles métalliques par d'autres torons qu'ils tressaient dans les règles de l'art. Ils se voyaient également confier les tâches d'entretien du navire. Ils briquaient les cuivres et autres éléments métalliques, ciraient le bois des parois de la passerelle, lessivaient les ponts. Le second leur avait aussi demandé de nettoyer eux-mêmes les cabines qu'ils occupaient à la poupe et à la proue, ces tâches était bien souvent plus ou moins bâclées et, dans la cabine inférieure située sous le gaillard d'avant où Lárus et le maître d'équipage s'étaient installés, il n'y avait pas grand-chose à faire. Le géant se montra d'abord plutôt taciturne. Il restait allongé sur sa couchette et ne se déplaçait que rarement. Quand il se redressait sur son matelas, c'était pour fumer ou feuilleter un livre. S'il était réveillé, il saluait Lárus d'un ton amical, il ne l'avait pas oublié depuis leur campagne de pêche dans le Grand Nord. Le troisième jour, le maître d'équipage se leva, il monta à la cantine où il resta un long moment après être allé choisir des livres dans la bibliothèque que l'opérateur radio gardait dans son repaire. Allongé sur un banc, il fumait cigarette sur cigarette et lisait, sa tasse de café posée sur la table. Lárus se rendit lui aussi à la cantine, il avait envie de se détendre, mais la pensée d'un café au lait sucré lui rappelait les nausées qui l'avaient secoué dès le début de la traversée. Il n'avait pourtant jamais jusque-là souffert du mal de mer ni perdu l'appétit. Cette histoire de café le désolait, en outre, il avait acheté avant le départ une cartouche de cigarettes filtre qu'il n'arrivait pas à fumer. Tout à coup, la solution lui apparut : il suffisait de boire son café noir et de casser le filtre de sa cigarette, alors la nausée disparaissait, de même que le mauvais goût qu'il avait dans la bouche. C'était une découverte du tonnerre. Il avait ainsi l'impression d'être un meilleur matelot, un authentique loup de mer, il supposait qu'il exercerait cette profession toute sa vie. Assis à la cantine, vêtu d'une chemise à carreaux en flanelle, son café noir devant lui et sa cigarette au bec, il se risqua à interroger le maître d'équipage sur l'ouvrage qu'il lisait, dont la couverture indiquait : *Vagabonds* – Knut Hamsun. « C'est un bon livre ? » Il fallut au géant quelques instants pour comprendre que Lárus lui parlait. Il leva finalement les yeux vers le jeune matelot, regarda la couverture comme pour vérifier le titre, comme si l'idée ne l'avait pas effleuré jusque-là, puis déclara : « Ça parle de gens qui passent leur temps à errer et ne se sentent nulle part chez eux. Je connais ce genre d'individus. » Ce jour-là, Lárus alla lui aussi voir l'opérateur radio pour explorer sa bibliothèque. Ce dernier accueillait chaleureusement tous ceux qui venaient le consulter, il aimait pouvoir les conseiller. L'équipage supposait qu'il avait lu pratiquement tous les livres de la flotte de pêche. Et voilà que le plus jeune matelot venait vers lui. « Qu'est-ce qui te fait envie ? Une lecture agréable, je suppose ? Tiens, par exemple, j'ai de la poésie : Davíð Stefánsson, Steinn Steinarr ? Tu sais que notre maître d'équipage a publié un recueil de poèmes ? Aux éditions Oddur Björnsson d'Akureyri. Si je me souviens bien, il s'appelle *Poèmes de l'ombre*, ou peut-être *Poèmes du crépuscule*, je ne me souviens plus très bien. Hélas, nous ne l'avons pas à bord. » Lárus quitta le radio en emportant un ouvrage sur la vie des marins intitulé *Déferlantes et scélérates – Récits de catastrophes et d'aventures en mer*, publié chez Iðunn à Reykjavík en 1949. C'était ce type de livres que préférait son père. Il en possédait d'ailleurs un bon nombre dans leur maison familiale, à Bústaðahverfi. Lárus ne se rappelait toutefois pas y avoir vu celui-là. À Noël dernier, un livre tout récent, qui avait bénéficié d'une excellente publicité dans les journaux, avait fait son apparition dans leur bibliothèque, *Sur la mer assassine – Récits authentiques d'héroïsme, de naufrages et d'aventures en mer*, publié aux éditions Ægisútgáfa en 1958. Le père et son fils avaient dévoré ce livre, qui avait alimenté leurs conversations. Il contenait le *Dernier voyage de l'« El Dorado »*, la *Tragédie de l'« Andrea Doria »*, le *Torpillage du « Lusitania »*. On y trouvait également un long récit intitulé *J'ai survécu*, où il était question d'un homme qui avait échappé à la mort dans ce qu'on considère comme la catastrophe maritime la plus meurtrière de tous les temps, le torpillage du paquebot *Wilhelm Gustloff*, rempli de réfugiés de Prusse-Orientale, simples citoyens, femmes et enfants, fuyant l'avancée des Russes. Ce navire transportait plus de huit mille passagers dont à peine un millier furent sauvés, les autres se noyèrent dans la Baltique. Aussi incroyable que cela puisse paraître, ce naufrage fit six fois plus de victimes que celui du *Titanic.* Il n'existe pourtant aucune catastrophe maritime plus impressionnante que le naufrage du *Titanic* lors de son voyage inaugural, en 1912. Lárus avait lu sur le sujet des récits illustrés, publiés dans des journaux ou des magazines : son père n'était pas adepte de ce genre de lectures. Il possédait également un gros livre, danois ou norvégien, qui traitait de cette catastrophe remontant à presque un demi-siècle. Celui-là, il s'y était souvent plongé avec son père dès son plus jeune âge, ils avaient maintes fois regardé les images, les cartes indiquant la route qu'avait suivie le paquebot, le lieu supposé de la catastrophe, les gens qui ramaient dans les chaloupes sur la mer immense et s'éloignaient du vaisseau en perdition.

Lárus retourna à la cantine avec le livre publié en 1949 qu'il avait emprunté au radio : *Déferlantes et scélérates.* Il y était question de naufrages dans les eaux islandaises. Il accompagna dans sa lecture le maître d'équipage également poète. Il se plongea dans l'histoire d'un chalutier pris dans une tempête monstrueuse et luttant contre l'invasion de la glace à son bord alors qu'il pêchait sur le Hali le 8 février 1925. Les descriptions vous donnaient la chair de poule. Quand le maître d'équipage reposa son livre sur les vagabonds, Lárus en profita pour lui parler de sa lecture, de cette glace qui, il y avait bientôt trente-quatre ans, s'était accumulée sur le bateau et avait fait chavirer d'autres navires à proximité pendant la tempête qui s'était abattue sur la zone de pêche du Hali. Il lui demanda s'ils risquaient d'être confrontés à de telles conditions. Le maître d'équipage alluma une cigarette et répondit : « Nous serons bien plus au sud, le Hali est au nord des Fjords de l'Ouest, juste en dessous du cercle polaire, alors que le Banc des mouettes tridactyles est à la même latitude que Londres. Enfin… qui sait ? Tout peut arriver même si chaque fois que je suis allé là-bas, le temps et la mer étaient plutôt calmes. »

Le même jour, ils apprirent que le nouveau navire danois desservant le Groenland, le *Hans Hedtoft*, était en difficulté. Son équipage avait émis un appel de détresse depuis la pointe sud du Groenland, non loin de l'endroit où le *Máfur* se trouvait en ce moment, sur la même route maritime. Ce magnifique vaisseau que Lárus avait admiré dans le port de Reykjavík deux semaines plus tôt avait fait escale dans plusieurs ports groenlandais où il avait embarqué passagers et denrées, puis il était reparti vers le Danemark et un terrible événement s'était produit : *Mayday, Mayday, nous sombrons*. Les matelots du *Máfur* apprirent que le commandant, le second capitaine et le premier lieutenant avaient envisagé de dévier légèrement de leur route pour se rendre vers la zone d'où provenait l'appel puis, ayant fait les calculs nécessaires, ils avaient compris qu'elle était beaucoup trop éloignée. Le *Hans Hedtoft* aurait déjà coulé à leur arrivée. En outre, d'autres navires s'étaient mis en route pour se porter à son secours, parmi lesquels le chalutier *Garpur* qui avait quitté l'Islande avant le *Máfur* et naviguait bien plus vite. Puis les informations annoncèrent qu'on n'avait retrouvé du *Hans Hedtoft* que quelques débris et une bouée de sauvetage, il avait sombré avec ses cinquante passagers et ses quarante-cinq membres d'équipage. Lárus se replongeait dans la lecture des récits de naufrage chaque fois qu'il en avait le loisir, ces histoires lui semblaient d'une certaine manière plus terrifiantes encore, sachant qu'il se trouvait tout près des lieux de ces tragédies. Le soir, il y avait souvent foule à la cantine. On jouait parfois au poker en misant des allumettes ou des cigarettes. Un certain nombre de matelots lisaient, assis ou allongés sur les banquettes, le radio conservait dans ses caisses toutes sortes de livres : des biographies, des témoignages de guerre. Un des ouvriers mécaniciens lisait Halldór Kiljan Laxness, le prix Nobel national. Il lui arrivait d'être secoué de rire. Un soir, quelqu'un lui demanda : « Qu'y a-t-il de si drôle ? » Le mécanicien n'hésita pas à lire à voix haute devant toute l'assemblée le passage dans lequel Jón Hreggviðsson se promène à Rotterdam dans un quartier malfamé où des lanternes sont accrochées au-dessus des portes. Voici qu'une dame l'approche. Comme elle est élégamment vêtue, il suppose qu'elle est l'épouse d'un pasteur ou de quelque homme d'Église. Elle engage la conversation avec lui en le priant d'accepter ses faveurs. Elle sent alors la pièce d'argent dans sa bourse et redouble de sollicitude. Puis Jón Hreggviðsson honore la dame et s'endort, mais au milieu de la nuit, voilà que deux rustauds arrivent, qui le mettent à la porte « et c'est ainsi que Jón Hreggviðsson perdit sa pièce d'argent ».

La lecture achevée, l'auditoire éclata de rire. « Il m'est arrivé de faire escale à Rotterdam quand je naviguais sur les cargos, déclara un matelot, et j'ai bien l'impression de reconnaître l'épouse de ce pasteur ! »

Comme on l'a déjà mentionné, le jeune Lárus appréciait d'être de quart à la passerelle. Il en avait informé ses supérieurs. Il pouvait alors observer à loisir les mouvements du bateau, dans la nuit ou la clarté diurne, embrassant du regard l'immensité de cet océan qui n'était jamais tout à fait le même. Vint une belle journée où le soleil rasant de l'hiver miroitait à la surface bleue des flots : le second sortit sur l'aile de la passerelle avec le sextant pour mesurer la hauteur de l'astre du jour grâce à un signal émis par la radio. Cela lui permit de calculer leur position exacte puis de la reporter sur les cartes marines. Avant ça, ils avaient tenté de deviner où ils se trouvaient. Le résultat nécessitait une légère correction : ils étaient un peu plus loin au nord-est que ce qu'ils avaient supposé. Ils déplacèrent donc de deux degrés vers le sud la ligne de foi sur laquelle ils étaient censés s'appuyer pour naviguer. L'été précédent, alors que Lárus assurait un de ses tout premiers quarts à la passerelle d'un autre chalutier pêchant par temps radieux au sud des îles Vestmann à proximité de l'îlot de Súlnasker, un matelot avait pointé son index tout près du flanc du navire : des orques, majestueux cétacés noir et blanc, nageaient à la surface, sautant et décrivant cercle après cercle, si proches qu'on pouvait presque sentir leur souffle. « Ils ont manifestement cerné un banc de harengs ou de capelans et s'en font un festin », avait déclaré un matelot. La nouvelle n'avait pas tardé à se propager jusqu'au ciel. Les fous de Bassan avaient bien vite afflué au-dessus de la marmite formée par le balai circulaire des orques. Ils piquaient, le bec en avant, comme une escadrille d'avions de combat. Tout un groupe plongeait parfois en même temps sous la surface, puis réapparaissait avec l'air arrogant des rois, l'œil acéré, une proie dans le bec. Le gris et très commun fulmar boréal avait momentanément délaissé le chalutier et les déchets de poisson que l'équipage balançait à l'eau, pour s'intéresser au grand événement autour des orques et des fous de Bassan. Lárus regardait vers le nord : les Vestmann semblaient flotter sur la mer miroitante, on distinguait plusieurs bateaux de pêche à proximité et, plus loin, on apercevait des étendues de sable noir, des pâturages verdoyants et les sommets immaculés des glaciers. Ce jour-là, le jeune homme avait décidé qu'il deviendrait marin et qu'il le resterait sa vie entière. Et voilà maintenant qu'il était à la barre du *Máfur*, en route vers la pointe située à l'extrême sud de l'immense et glacial Groenland.

Lárus voguait vers le sud-ouest. Le radio, qui passait son temps à lire et se documenter sur toutes sortes de sujets, évoqua nos ancêtres vikings qui avaient, eux aussi, emprunté cette voie maritime. Partant d'Islande, ils contournaient le cap Farvel et remontaient la côte ouest du Groenland sur leurs navires en bois ouverts à tous les vents. Ces embarcations, de taille bien plus modeste que les chalutiers d'acier actuels, mesuraient tout au plus vingt-cinq mètres, soit deux fois moins que le *Máfur*. Et bien sûr, elles n'avaient ni moteur ni pont, seulement une voile. Cette idée semblait complètement inconcevable à Lárus et au radio, qui fumait sa pipe à côté du hublot. Le second déclara avoir entendu dire que la moitié de ceux qui avaient entrepris cette traversée avaient simplement péri. « En effet, certains ont coulé, confirma le radio, mais ça arrive aussi aux navires d'aujourd'hui, comme nous le savons tous. Et, ajouta-t-il, ces hommes ne naviguaient qu'en été afin d'éviter les tempêtes hivernales, même si le temps sous nos latitudes est très incertain, y compris en plein été. Mais comment faisaient-ils pour s'orienter alors qu'ils n'avaient ni radar, ni compas, ni sextant ?

— Je n'arrive pas à comprendre, dit Lárus.

— Ces grands navigateurs d'autrefois disposaient peut-être d'une sorte d'instrument qui leur permettait de déterminer la hauteur du soleil, répondit le radio. En outre, le ciel et les astres n'avaient aucun secret pour eux, l'Étoile polaire leur servait de point de repère. » Le second, qui venait justement d'utiliser le sextant quelques instants plus tôt, rétorqua : « Encore faut-il connaître l'heure précise à laquelle on effectue la mesure ! Et ils n'avaient pas de montre, pas plus que de signal diffusé à la radio, ha ha ha ! » s'esclaffa-t-il. L'opérateur radio, décidément très érudit, répondit : « Ils disposaient cependant d'une heure parfaitement fiable pour peu que le ciel soit dégagé, c'était le midi, le moment où le soleil est à son zénith. En tout cas, ils ont navigué en haute mer pendant des siècles dans tous les sens, partant d'Europe pour aller aux îles Féroé, en Islande ou au Groenland. Ils arrivaient toujours à destination et retrouvaient sans problème leur fjord ou leur baie, ils sont même allés jusqu'en Amérique.

— Ça, personne n'en a jamais apporté la preuve », corrigea le second. Le radio répondit qu'on n'avait aucune raison d'en douter puisque l'Amérique et la traversée étaient décrites avec précision dans les vieilles sagas. « Ils sont sans doute passés par le Banc des mouettes tridactyles, vous vous rendez compte ! Quand on pense que c'était il y a mille ans ! » Le premier lieutenant arriva à la passerelle. « En tout cas, contrairement à nous, ces gars-là n'avaient à leur bord ni cuisine ni coq.

— Moi, je descends manger un morceau », déclara le second pour clore la discussion.

Dans la soirée du dimanche, alors que la tempête faisait rage depuis plus de vingt-quatre heures, le radio informa discrètement le commandant qu'il avait en vain tenté de joindre l'équipage du *Harpa*. Plus tôt dans la matinée, il lui avait semblé entendre un appel de détresse. Plus il y réfléchissait, plus il était persuadé qu'ils étaient à l'origine du SOS. Ensuite, il n'y avait plus eu que des interférences, il n'avait pas réussi à saisir l'indicatif d'appel à moins que ce dernier n'ait été mentionné plus tard et ne se soit perdu dans les brouillages. En tout cas, ce navire utilisait l'indicatif *Tango Foxtrott*, commun à tous les bateaux islandais. Le commandant l'écouta, blanc comme un linge. Tous deux savaient qu'ils étaient dans la même situation, ils avaient pêché dans la même zone, séparés par une courte distance. Le *Harpa*, qui ressemblait beaucoup au *Máfur*, avait également fini de remplir ses cales le matin du samedi, il était chargé à ras bord et sa coque s'enfonçait profondément dans l'eau, tout comme celle du *Máfur*. Il semblait que trois bateaux avaient sombré depuis le début de la tempête et tout portait à croire que le *Máfur* serait le prochain. L'*Eyfirðingur* se trouvait plus au sud, dans des eaux plus tièdes, l'idéal aurait été de pouvoir le rejoindre, ce qui représentait entre huit et dix heures de navigation dans des conditions normales. Or les conditions étaient tout sauf normales. De plus, pour atteindre cette zone, ils devaient naviguer par vent arrière, ce qui risquait fort de les mener à leur perte. Lorsqu'ils s'étaient débarrassés des chaloupes, le navire avait pour un temps été allégé et plus aisément manœuvrable. Il redevenait maintenant tout aussi lourd et gîtait sous l'effet de la houle, refusant de se redresser comme un pendule. Il fallait absolument tenter de se débarrasser de l'épaisse calotte recouvrant les potences à l'avant du pont et le gaillard, que les vagues submergeaient sans relâche. Les matelots risquaient évidemment leur vie, il n'y avait toutefois pas d'autre solution. Le radio suggéra au commandant d'informer les navires environnants et les stations radio à terre des difficultés auxquelles ils étaient confrontés et de l'invasion de glace qu'ils subissaient. Le chef à bord jugea que ce n'était pas souhaitable et de toute manière inutile. Les navires qui se trouvaient sur ces eaux avaient assez de problèmes à résoudre. Cela valait en tout cas pour ceux qui n'avaient pas déjà sombré sous les assauts de la tempête et des vagues mugissantes. Pour l'instant, attendons, ensuite, nous verrons bien.

Lorsque la tempête avait éclaté le samedi 7 février, l'équipage était éreinté après s'être démené pendant la pêche miraculeuse. Tous avaient participé à la réception du sébaste et à sa mise en cale plusieurs jours et plusieurs nuits durant. Depuis, très peu d'entre eux avaient eu le temps de se remettre puisque le commandant avait décrété que chacun n'aurait le droit qu'à deux heures de repos par jour jusqu'à la fin de la tempête. La journée du dimanche 8 février touchait à sa fin, le froid était toujours aussi glacial, la tempête ne désarmait pas et on continuait d'essuyer les paquets de mer. Des vagues aussi hautes que des montagnes s'élevaient, s'affaissaient et se brisaient tout autour du bateau. Les matelots devaient évidemment se nourrir s'ils voulaient avoir la force de lutter contre les éléments. Le coq décida de cuisiner tout ce qu'il avait de plus consistant à sa disposition. Il fit chercher les carcasses d'agneau dans les réfrigérateurs, les découpa et les prépara au four ou à la casserole, autant que pouvaient en supporter les fourneaux. Il tenait également à ce que des plats soient en permanence disponibles à la cantine de manière que l'équipage puisse les manger avec les mains pour gagner du temps. Tout cela était accompagné de pommes de terre en robe des champs et on apportait constamment de grands thermos de café bien chaud. Les matelots quittaient quelques instants le pont, arrivaient couverts de givre, enveloppés dans leurs vareuses, attrapaient un morceau de gigot, un bout d'épaule rôtie ou une côtelette qu'ils mangeaient à mains nues, prenant au passage quelques pommes de terre chaudes et vidant à grandes lampées un gobelet de café. Puis ils repartaient affronter les déferlantes, les paquets de mer et le froid. Il fallait bien aussi qu'ils satisfassent leurs besoins naturels, mais le froid et la gîte avaient rendu les toilettes d'en bas inutilisables. Ils se servaient donc de celles de la passerelle, installées dans un réduit collé à la cheminée du navire, et devaient prendre garde à ne pas frotter leurs fesses nues contre le conduit en métal brûlant. Au moins, on ne pouvait pas se plaindre qu'il n'y fasse pas chaud. Le coq avait également informé la passerelle que de la nourriture chaude en quantité était disponible à toute heure à la cantine. Tous y descendaient en dehors du commandant qui, son café, ses cigarettes et son tabac à priser à portée de main, ne quittait jamais son poste près du hublot béant et du transmetteur d'ordre. Le cuisinier lui-même vint lui apporter un morceau d'épaule grillée qu'il mangea en le tenant par l'os, le regard toujours rivé sur l'océan en furie.

Tous étaient évidemment terrifiés. Certes, ils essayaient de l'oublier pendant qu'ils étaient dehors, occupés à casser la glace, mais la peur revenait les étreindre dès qu'ils rentraient au chaud, dès qu'ils se reposaient ou s'asseyaient. Le premier à craquer fut un matelot pris d'un accès de tremblements tellement incontrôlable à la cantine qu'il tomba à demi inconscient. Quand il essaya de se relever, ses jambes refusèrent de le porter, il s'effondra aussitôt et ses compagnons ne virent pas d'autre solution que de l'allonger sur sa couchette. Personne ne pleurait, mais un gars venu s'asseoir à la cantine se mit tout à coup à rire sans motif, à rire interminablement au point de s'étouffer, c'était d'autant plus douloureux de l'écouter qu'on ne pouvait rien faire pour lui : on peut consoler un homme qui pleure ou, en tout cas, lui remonter le moral en lui disant de relever la tête, mais que peut-on faire pour apaiser un homme qui rit ? En outre, ce n'était pas un rire contagieux, personne n'y répondait. Heureusement, l'homme finit par se taire, il remit son bonnet et son suroît puis quitta la cantine, l'air honteux, et repartit casser la glace sur le pont.

Le maître d'équipage percevait lui aussi la proximité de la mort et la panique qu'elle engendre. L'ironie du sort avait voulu que quelques semaines plus tôt, son unique désir ait été de disparaître. Il avait d'ailleurs commencé à prendre des dispositions pour que cela advienne sans trop tarder. Il se souvint qu'au moment où il s'était avancé dans la crique, il avait renoncé à son projet : la pensée de cette eau froide et salée lui emplissant la bouche et le nez était insupportable. Et voilà qu'il était confronté à la même situation, il allait périr noyé en mer dans d'affreuses souffrances. Cela lui donnait d'autant plus de raisons de lutter âprement. Il s'acharnait contre la glace à l'aide d'un gros marteau très efficace, tellement lourd que celui qui le maniait risquait d'avoir des courbatures partout dans le corps. Cela ne suffisait pas à le dissuader, il fallait serrer les dents et supporter la douleur si on ne voulait pas être englouti par les eaux glaciales de cet océan. Lárus, le gamin, ne le quittait pas d'une semelle, il savait qu'ainsi il était à sa place et faisait ce qu'il fallait. Et surtout, le maître d'équipage était le plus fort et le plus vaillant à bord. En travaillant à ses côtés, Lárus prouvait à ses compagnons qu'il était lui aussi courageux, en tout cas, c'est ce qu'il espérait. Il accompagnait également le géant lorsqu'il allait se nourrir. Ils laissaient leurs vareuses dans le sas d'entrée, mangeaient de la viande et des pommes de terre, buvaient à grandes gorgées des verres de lait et des gobelets de café. À un moment, le maître d'équipage remarqua que le jeune homme tremblait. Il avait beau se cramponner à son verre, ça ne suffisait pas à le calmer. « Tu as peur ? » s'inquiéta le géant. Lárus sentit tout à coup sa gorge se nouer, comme cela arrive lorsqu'on reçoit une marque inattendue d'affection ou de compassion. Il avala sa salive, se redressa et répondit que oui, il fallait avouer que le mieux serait sans doute de s'allonger sur sa couchette et de s'endormir, de dormir pour oublier cette mort imminente. « Tu te réveillerais, submergé par l'eau glaciale, assura le géant avec un rictus. Et là, crois-moi, tu regretterais d'être enfermé. Si j'étais un rat, je n'aurais pas envie de mourir noyé au fond de mon trou. »

Lárus monta aux toilettes. Souhaitant s'entretenir avec les officiers, le maître d'équipage le suivit à la passerelle. Le commandant et le premier lieutenant étaient du même avis que lui : il fallait impérativement que des hommes aillent sur le gaillard pour le libérer de la calotte qui le recouvrait. Le navire peinait de plus en plus à se redresser. Certes, il continuait d'osciller au gré de la houle, mais son poids ralentissait dangereusement ses mouvements. À chaque nouveau creux, la mer enjambait le bastingage et venait lécher les pieds du château, puis le bateau remontait vers la crête suivante et s'arrachait à l'eau glacée. Le premier lieutenant et le maître d'équipage se portèrent volontaires. Ils avaient besoin de deux matelots vaillants pour les accompagner. Lárus, qui sortait justement des toilettes, proposa de participer à l'expédition. Le lieutenant fit aussitôt part de ses réserves : le gamin était trop jeune et manquait d'expérience. « Ce petit gars a toute ma confiance », trancha le géant.

Les quatre hommes montèrent à l'assaut. Bien qu'il fît jour, le commandant alluma tous les projecteurs de travail encore en état de fonctionner. L'eau submergeait régulièrement la proue et ruisselait sur le pont. Ceux qui étaient à la passerelle se chargeaient de surveiller les vagues à l'approche : ils pourraient ainsi prévenir les membres de la périlleuse expédition avant l'arrivée d'une déferlante de manière qu'ils puissent s'agripper solidement jusqu'à ce que la vague soit passée. Ils commencèrent par dégager les échelles permettant d'accéder au gaillard. Bientôt, de grosses plaques se détachèrent, il fallait en casser certaines en morceaux plus petits pour qu'ils puissent être évacués du navire par ruissellement. Ils se frayèrent ainsi un chemin jusqu'au glacier du gaillard qui n'offrait pratiquement aucune prise ni aucun point d'appui. Ils s'efforçaient cependant de trouver un endroit où caler leurs pieds en s'accrochant d'une main à une des zones qu'ils venaient de dégager tandis que, de leur autre main, ils s'attaquaient à la calotte. Lárus et le second matelot étaient équipés de pics à glace, le maître d'équipage et le premier lieutenant de marteaux. Ils parvinrent enfin à atteindre le glacier sans qu'aucune vague déferle sur eux. Jusque-là, ils avaient simplement essuyé quelques éclaboussures, mais ils devaient faire vite. Ils constatèrent aussitôt que leurs efforts payaient, des plaques se détachaient à chaque coup qu'ils portaient, et peu à peu, la peinture qui protégeait l'acier apparut sous la gangue de glace. Les quatre hommes frappaient avec frénésie, sentant que bientôt, ils seraient débarrassés du poids monstrueux qui menaçait de les entraîner vers le fond. Sans doute trop absorbés par leur tâche, rendus sourds par le vacarme de leurs outils, ils n'entendirent que trop tard les cris du commandant qui les prévenait de l'arrivée imminente d'une déferlante alors que, d'ordinaire, sa voix était assez puissante pour résonner sur toute une zone de pêche. La vague s'abattit comme une avalanche. Le premier lieutenant fut projeté sur le pont et plaqué contre une épaisse tige d'acier, le maître d'équipage et l'autre matelot volontaire réussirent à se cramponner, mais Lárus, qui travaillait tout à l'avant du gaillard, ne trouva rien à quoi s'accrocher et crut que, déjà, la vague l'emportait. Plongé dans l'eau glaciale, happé par le maelström, il allait passer par-dessus bord d'ici à quelques secondes. Tout à coup, il sentit qu'on l'agrippait ; on l'attrapait par le col de sa vareuse et on serrait. L'espace d'un instant, il pensa qu'il allait étouffer ou que son vêtement allait se déchirer. Le courant qui tentait de le happer était si puissant que toutes les coutures craquaient. Ce moment semblait interminable : d'un côté, les éléments déchaînés tentaient de l'entraîner de tout leur poids ; de l'autre, une énorme main le retenait. Et je pèse plus de quatre-vingts kilos, pensa-t-il. Enfin, la vague s'éloigna sans avoir emporté quiconque dans son sillage. D'autres matelots se précipitèrent pour secourir leurs compagnons. Trois d'entre eux répondirent qu'ils étaient indemnes même si Lárus toussait si fort que personne ne comprenait les mots qu'il tentait de prononcer. Le premier lieutenant gisait quant à lui inconscient sur le pont. Chacun à bord savait qu'il était dangereux de déplacer un homme aussi gravement accidenté, sa colonne vertébrale était peut-être brisée, il aurait mieux valu attendre l'arrivée des secours, mais ici, en haute mer, il fallait se débrouiller seul. Qui plus est, on ignorait à quel moment la prochaine déferlante s'abattrait, cela pouvait se produire à tout instant. La seule solution était donc de transporter la victime, de l'allonger sur une couchette du gaillard d'avant, de lui ôter ses vêtements mouillés et de l'emmitoufler dans des couvertures bien chaudes. En tout cas, il n'avait pas succombé à ses blessures, il gémissait. Les trois autres, trempés jusqu'aux os, reçurent l'ordre de rentrer se mettre à l'abri. Deux hommes aidèrent Lárus à ôter sa vareuse à la cantine. Manifestement choqué, secoué de tremblements convulsifs, il continuait d'affirmer que tout allait bien. Le maître d'équipage tenta de retirer le gant de la main qui avait attrapé le jeune matelot par le col de sa vareuse. Il finit par renoncer et, chose exceptionnelle, demanda de l'aide. Il n'arrivait pas à se défaire de ce maudit gant en caoutchouc, quelle que soit la manière dont il s'y prenait. Il fallut se résoudre à le couper tant ses doigts étaient encore contractés. Un filet de sang s'écoula de sous ses ongles dès qu'ils apparurent. Sa main puissante ressemblait à la serre d'un oiseau de proie. Il la regarda d'un drôle d'air et déclara : « Ce gamin a plongé dans un véritable enfer. »

Le premier lieutenant était seul dans la cabine sous le gaillard où il souffrait le martyre. Quelques matelots se rendirent à son chevet. Il était évident qu'il n'était pas en état d'être transporté et qu'on ne pouvait pas le ramener à la cantine avec le reste de l'équipage. Heureusement, lorsqu'on l'examina avec plus d'attention, il s'avéra qu'il parvenait à bouger les bras et les jambes, les doigts et les pieds. Il se sentit rassuré, sachant ce que le contraire aurait signifié. La douleur était pourtant insupportable. Il vomissait du sang. Le commandant informa l'opérateur radio qu'ils avaient désormais une bonne raison de lancer un appel de détresse : ils avaient un blessé grave à bord en plus de tout le reste. Le radio devait souligner qu'ils étaient en grande difficulté à cause de la tempête et de l'afflux de glace, et demander quelques conseils quant aux soins à dispenser au premier lieutenant. L'opérateur passa un long moment à se démener sur ses instruments, se servant de sa voix et transmettant avec frénésie des messages en morse. Il envoya d'abord un appel général sur la ligne d'urgence : *Confrontés à graves difficultés, avons évacué les chaloupes de sauvetage, tenté de briser en vain la glace accumulée à bord, navire impossible à redresser, un membre d'équipage gravement blessé.* Puis il tenta de joindre en direct l'armateur en Islande. Au bout d'un long moment, il revint voir le commandant en disant qu'il avait reçu un message du patron depuis Reykjavík. Il leur conseillait d'administrer de la morphine au blessé, il y en avait dans la pharmacie de bord. Il avait aussi communiqué avec quelques chalutiers islandais présents dans la zone. L'*Eyfirðingur* avait également lutté contre la glace, mais il voguait maintenant plus au sud, sur des eaux plus tièdes, ce qui diminuait le risque. De plus, cet autre chalutier était équipé d'un moteur à vapeur et non d'un diesel, ce qui avait permis à ses matelots de se servir de l'eau brûlante de la chaudière pour faire fondre la gangue. Le *Garpur* naviguait très loin du *Máfur*. Le *Poséidon*, arrivé récemment sur la zone de pêche, n'avait pour l'instant engrangé que peu de poisson dans sa cale, sa coque s'enfonçait donc moins profond dans la mer et il était rare qu'une vague le submerge. Ils allaient tenter de localiser le *Máfur* et, si c'était possible, de venir jusqu'à lui.

L'équipage trouva la pharmacie de bord, mais la morphine avait disparu. Nul ne savait qui l'avait prise ni à quel moment. Il y avait en revanche dans le placard du commandant du cognac et des Magnyl que le second apporta à son collègue pour soulager ses souffrances.

Chacun espérait que les vents ne tarderaient pas à retomber, cela finit toujours par arriver, après la pluie vient le beau temps, dit le proverbe. La tempête durait depuis le samedi midi et nous étions dimanche soir. Tout le monde était éreinté. Les instruments de communication avaient cessé de fonctionner. On découvrit en montant sur le toit de la passerelle qu'une des antennes s'était effondrée sous le poids de la glace, l'autre menaçait également de s'affaisser. L'opérateur radio s'était emmitouflé pour aller là-haut, accompagné par trois matelots qui le retenaient. Ils parvinrent à dégager le radar qui se remit aussitôt à tourner, puis le technicien remit les antennes en place. Ils redescendirent. La radio fonctionnait à nouveau. Le dernier bulletin météo concernant la zone de pêche de Terre-Neuve et incluant ce que les Islandais nommaient le Banc des mouettes tridactyles n'annonçait aucun changement au cours des prochaines vingt-quatre heures : cette tempête mugissante soufflant du nord-ouest ne désarmait pas. Certes, ce bulletin laissait plus ou moins entendre que les vents seraient un peu moins puissants, un peu moins infernaux qu'ils l'avaient été jusque-là, en revanche, le froid risquait de s'intensifier, la température extérieure chuterait de moins quatorze à moins dix-huit degrés. C'était un casse-tête pour le commandant : tous les hommes à bord étaient éreintés, que ce soit à la salle des machines, à la cuisine ou ici, à la passerelle. Mais les plus à plaindre étaient ceux qui, immédiatement après avoir engrangé les prises plusieurs jours de suite, avaient dû casser la glace sans relâche. Ils n'avaient pour ainsi dire pas eu un moment de répit, c'est à peine s'ils avaient eu le temps d'ôter leur vareuse. Si on continuait à naviguer ainsi, face au vent et à la houle, les vagues ne cesseraient pas de submerger le pont, la passerelle, et le gaillard que les quatre hommes avaient dégagé avec une surprenante efficacité. Il ne manquerait toutefois pas d'être à nouveau envahi par la glace qui recommençait déjà à s'y installer et seul un homme au cœur bien plus endurci que le commandant aurait à nouveau ordonné à ses matelots de se lancer dans une expédition aussi périlleuse. L'un d'eux gisait, seul et gravement blessé, dans la cabine sous le gaillard, un autre avait par miracle échappé à une mort certaine et un troisième s'était abîmé la main en le sauvant. Si cet enfer devait se prolonger pendant les prochaines vingt-quatre heures, leur unique espoir était sans doute de tourner le navire et d'offrir sa poupe au vent pour tenter d'atteindre les eaux moins glaciales où se trouvait l'*Eyfirðingur*. Cela représentait entre dix et douze heures de navigation, peut-être seulement huit dans le meilleur des cas.

S'ils voulaient naviguer vent arrière, il fallait parer le navire. Tant qu'on voguait encore face au vent, à l'abri de l'étrave, on envoya une équipe sur le pont des chaloupes et sur le Caisson pour en évacuer la majeure partie de la glace qui s'y était accumulée. Le commandant pensa que le navire avait gagné en stabilité et donnerait moins de gîte maintenant qu'on s'était débarrassé des chaloupes qui l'alourdissaient. Il prévint la salle des machines que tous devaient se tenir prêts : il fallait que les mécaniciens puissent ralentir ou même faire arrière toute sans le moindre délai. Toutes les ouvertures à l'arrière du bateau furent fermées. Le second était à la barre. On passa en avant toute et on commença à virer à tribord. Les matelots dont le regard était rivé sur les vagues virent le bateau se tourner, d'autres sentirent le mouvement, le second observait l'aiguille de la boussole, il cala la ligne de foi sur le zéro, plein nord, et lui fit décrire un tour de trois cent soixante degrés. Puis il commença le compte à rebours, mais alors que l'aiguille était arrivée loin à l'est, à environ cent dix-cent vingt degrés, une énorme vague s'abattit sur bâbord. Le navire se coucha sur le flanc, l'équipage se cramponna comme il put, l'eau submergea la passerelle par tribord et s'engouffra dans le hublot béant face auquel le commandant se tenait depuis le matin de la veille, elle s'infiltrait par le cadre de la porte en bois ouvrant sur l'aile de la passerelle. Le second perdit le contrôle des mouvements du navire qui continuait à virer et dont l'étrave regardait maintenant plein sud. Chacun crut sa dernière heure venue. Seuls la potence de bâbord et le grand mât avant dépassaient des eaux bouillonnantes. Dans la cabine sous le gaillard, le premier lieutenant fut éjecté de sa couchette. Il gisait sur le sol, parfaitement lucide. Sa conscience était même décuplée par les douleurs qu'il ressentait dans le dos et le ventre. Tous les sons étaient étouffés alentour. Excellent nageur, il reconnaissait ces bruits qui se transformaient dès qu'on était sous l'eau. Sa vie se mit à défiler dans sa tête. Il vit sa femme et ses enfants, décida de réciter toutes les prières et les passages des Saintes Écritures qu'il connaissait par cœur, persuadé qu'il s'apprêtait à rejoindre l'éternité, peut-être que sa famille l'entendrait ou sentirait sa présence depuis leur domicile de Kópavogur. C'était le soir du dimanche 8 février. L'opérateur radio pensa qu'il était de son devoir d'envoyer un appel de détresse, ne serait-ce que pour informer le monde qu'ils avaient sombré, mais il gisait également sur le sol et ne parvenait pas à atteindre les appareils. De toute manière, ils avaient à nouveau cessé de fonctionner lorsque la vague s'était abattue.

Dans la salle des machines, les mécaniciens s'agrippèrent à tout ce qui leur tombait sous la main, mais on aurait sans doute entendu leurs hurlements d'effroi si le martèlement du moteur n'avait pas couvert tous les autres sons. Le chef mécanicien et le second ouvrier s'étaient attachés à l'aide de sangles, de manière à pouvoir réagir aux ordres de la passerelle. Et là-haut, par le hublot béant que des gerbes d'eau continuaient d'asperger, le commandant voyait l'avant du navire s'enfoncer dans l'énorme muraille formée par la vague qui approchait. Ils allaient sombrer. Il attrapa le transmetteur d'ordre et le cala sur arrière toute, puissance maximale, ce à quoi on ne recourt qu'en dernier ressort. L'arrière toute impliquait quatre-vingt-quatre tours / minute et là, on allait monter à cent cinq. Il hurla le même ordre dans le tube en cuivre. Heureusement, le moteur tenait bon, il n'y avait plus qu'à espérer qu'il n'exploserait pas sous la pression. Le clinomètre de la salle des machines était bloqué sur soixante degrés d'inclinaison. Chacun comprit que sa survie était suspendue au prochain mouvement du bateau : de quel côté donnerait-il de la gîte ? On entendit bientôt l'hélice s'inverser. Dès que le commandant eut l'impression que le bâtiment s'arrachait à l'eau et cessait de plonger vers l'abysse, il enclencha l'avant toute, poussant également à la puissance maximale et, enfin, l'étrave se redressa sur bâbord, certes très lentement, mais de plus en plus, jusqu'à ce qu'ils soient à nouveau face au vent. Ils reprirent l'avant lente, ils avaient survécu, ils étaient encore sur les flots.

Tous les hommes à bord savaient qu'ils n'étaient pas au bout de leurs peines. Une épée de Damoclès était suspendue au-dessus de leur tête. Plusieurs navires avaient sombré alentour et tout portait à croire que le *Máfur* serait le prochain. Plus tôt dans la soirée, on avait appris par la radio que l'équipage du *Queen Elizabeth*, naviguant légèrement plus au sud, en route vers l'Amérique, avait mesuré des creux de dix-huit mètres et qu'une vague scélérate avait brisé plusieurs hublots à la passerelle de cet imposant paquebot. Et même si tout le monde était épuisé, on n'avait d'autre choix que de continuer à livrer bataille contre la glace et à remporter de menues victoires contre cette tempête. Dans la cuisine, on continuait de veiller pour que des plats chauds soient disponibles à tout instant. Plus tôt dans la soirée, le coq avait eu l'idée de préparer une soupe à la viande. Chacun connaît les vertus reconstituantes de cette soupe de mouton agrémentée de rutabagas, de carottes, d'épices, et accompagnée de riz. Hélas, lorsque le navire s'était couché sur le flanc quand on avait tenté de le retourner, la majeure partie des marmites s'était renversée et répandue sur le sol. Ils avaient réussi à sauver la viande et les rutabagas qu'ils apportèrent, encore fumants, à la cantine. Les matelots pouvaient y piquer leur fourchette ou leur couteau, ou même les manger à mains nues, voilà qui vous donnait un coup de fouet, surtout pour les morceaux les plus gras. Puis ils remettaient leurs épais anoraks VÍR doublés en peau de mouton comme c'était la mode à l'époque, enfilaient leurs vareuses étanches par-dessus et sortaient retrouver le froid, la nuit et la tempête pour évacuer la glace qui continuait à s'accumuler sur le bateau, lequel s'alourdissait à nouveau et se redressait de plus en plus difficilement après s'être couché sur le flanc. Tout cela n'allait-il donc jamais finir ? Chacun savait que lorsque l'équilibre d'un navire était à ce point fragile, il suffisait de quelques kilos supplémentaires pour le faire chavirer. Les membres d'équipage n'avaient toujours droit qu'à deux heures de repos toutes les vingt-quatre heures. Quand ils entraient à la cantine, certains s'effondraient d'épuisement dès qu'ils étaient assis. Parfois, ils avaient encore la bouche pleine, ils s'endormaient ou perdaient conscience et n'ouvraient pas les yeux, même lorsque leur tête ballottée par le roulis et le tangage se cognait à la paroi ou au bois de la table. Puis on les réveillait, on les secouait en leur faisant comprendre que la glace ne s'en irait pas toute seule pendant que les matelots somnolaient. Quelques-uns tentèrent de resquiller, on les découvrit recroquevillés sur leur couchette, assommés, la gorge serrée par les sanglots. On les réveilla eux aussi pour les renvoyer sur le pont. Un matelot passa un long moment à la cantine, mentionnant toutes sortes de créatures légendaires, chats fantômes ou hommes-tritons, fumant cigarette sur cigarette et buvant du café plus de deux heures durant. « Il a perdu la tête », commenta l'un de ses compagnons. Comprenant qu'on ne parviendrait pas à le convaincre de retourner sur le pont, on décida de le faire monter à la passerelle et de l'installer à la barre. Cela permettrait d'offrir un peu de répit à celui qui était de quart. Cette décision fut toutefois inutile pour ne pas dire irréfléchie puisqu'il n'écoutait aucun des ordres qu'on lui donnait : il continuait à parler de chats fantômes et d'hommes-tritons, le regard vide. Ses compagnons remarquèrent une tache à son entrejambe. Il se cramponnait si fort au gouvernail que les hommes présents à la passerelle durent empoigner la barre de manière à l'orienter dans la bonne direction, ce qui ne faisait que compliquer encore un peu plus les choses. Ils finirent par lui arracher le timon des mains, détachant ses doigts l'un après l'autre, puis le laissèrent allongé par terre un bon moment.

Lárus était parvenu à se reposer quelques instants, il s'était endormi en tremblant puis réveillé pendant la manœuvre, lorsque le navire s'était presque entièrement couché sur le flanc. Dès qu'il fut remis de sa frayeur, il s'habilla de vêtements secs. Sans un mot, il enfila une vareuse mouillée et poisseuse, et pendant quelques instants, peina à trouver les manches, il se sentait comme prisonnier de ce vêtement encombrant et pourtant trop étroit, il avait l'impression d'étouffer, cerné par cet air puant et pauvre en oxygène, les mouvements entravés par les ténèbres. C'est ce qu'on doit ressentir quand on se noie, pensa-t-il. Enfin, ses bras se frayèrent un chemin et, dès que sa tête eut passé l'encolure, il happa l'air goulûment. Il remit ses gants mouillés, attrapa son outil et ressortit casser la glace sur le pont des chaloupes. Les bossoirs étaient toujours en place même si les canots de sauvetage avaient disparu. Ces solides potences d'acier, deux à bâbord et deux à tribord, étaient enserrées dans une épaisse gangue. Ils passèrent une grande partie de la nuit à tenter de les dégager sans grand succès. D'autres essayaient d'évacuer tout ce dont on pouvait se débarrasser, jetant par-dessus bord les câbles, filets, caisses, bacs et chaluts, tout ce qui offrait une prise à la glace. Le maître d'équipage avait protégé ses ongles de pansements pour arrêter les saignements puis il s'était enveloppé les doigts d'un épais bandage bien serré, ce qui diminuait la douleur. Terrifié, il s'était cramponné de toutes ses forces quand le navire s'était couché sur le flanc puis, lorsque la coque s'était enfin redressée, le géant s'était étonné de la vaillance dont il avait fait preuve face à une mort imminente. Il se disait aussi qu'ayant sauvé la vie de Lárus, il ne voulait surtout pas que le chalutier sombre, cela ôterait toute sa valeur à la prouesse qu'il avait accomplie. Il y avait quelque chose de merveilleux à avoir vécu ce moment sur le gaillard et ce, en dépit des blessures du premier lieutenant. On l'appela à la passerelle en lui demandant s'il était en mesure de manier le timon malgré sa main abîmée. Il fallait remplacer le matelot dont la raison vacillait. Le maître d'équipage s'en sentait capable. En fait, il n'avait rien, il pouvait prendre son marteau et casser la glace, sa main était faite pour tenir un outil, dit-il en montrant son bandage au commandant. L'opérateur radio était également présent. Le maître d'équipage profita de son érudition pour se rafraîchir la mémoire : « Au fait, c'est bien parce qu'il a découvert l'Amérique, baptisée Vínland par les Vikings, que Leifur Eiríksson a été surnommé par la suite Leifur le Chanceux ? » Le radio, toujours heureux de partager ses connaissances, répondit que non, ce n'était pas pour cette raison, on l'avait surnommé ainsi parce qu'il avait sauvé un équipage de la noyade. Et c'était arrivé tout près d'ici – au sud-ouest du Groenland s'il se souvenait bien. En ces temps-là, on considérait que c'était signe de bonne fortune ou de chance que d'avoir l'occasion de sauver une vie. Le maître d'équipage hocha la tête, c'était bien le souvenir qu'il avait conservé de l'histoire de Leifur. Le radio portait sa tenue du dimanche et sa cravate. S'il devait aller à la rencontre de son Créateur, il voulait être correctement vêtu, dit-il. Le commandant n'esquissa pas même un sourire, au contraire, son visage se durcit : il ne voulait aucun signe de découragement et ça lui déplaisait d'entendre les membres de son équipage tenir de tels propos. Pourtant, certains ne s'en privaient pas : le coq et son assistant avaient servi à la cantine un plateau chargé de délices, disant à qui voulait l'entendre que, quitte à être tous condamnés, autant ne pas partir le ventre vide.

Le lundi matin à l'aube, il gelait toujours à pierre fendre, l'équipage avait l'impression que le vent était légèrement retombé. Ce n'était toutefois qu'un calme trompeur. Bientôt, la tempête s'était réveillée, hérissant la mer de crêtes d'écume. À nouveau, le navire s'était alourdi et peinait à franchir les vagues. On déplorait des pertes parmi les matelots dans la mesure où ils étaient de plus en plus nombreux à voir leur raison vaciller. Incapables d'accomplir aucune tâche, ils parlaient tout seuls. On leur conseillait d'aller s'allonger pour dormir, ce qu'hélas, ils ne faisaient pas. Pendant la nuit, on avait préparé à la cuisine les travers de porc fumé qui restaient à bord, une montagne de ces morceaux trônait sur les tables de la cantine, accompagnée de bouteilles de lait, et évidemment de café. Le coq avait pris tout le petit-salé qui se trouvait dans les tonneaux pour le faire cuire au four, il était préférable de procéder ainsi plutôt que de le préparer dans de grosses marmites qui risquaient de se renverser à cause de la gîte et du tangage permanent du bateau. Le plus jeune des graisseurs était désormais incapable de faire quoi que ce soit. Le chef mécanicien était monté à la passerelle pour consulter le commandant. Les bossoirs posaient un grave problème. Chacune de ces épaisses potences d'acier pesait deux tonnes, il y en avait deux à bâbord et deux à tribord, la glace qui s'y était accumulée faisait doubler leur poids. Selon lui, on pouvait peut-être s'en débarrasser en les coupant au chalumeau, d'autant qu'ils ne manquaient ni d'oxygène ni d'acétylène. Ce serait à la fois pénible et périlleux, mais étant donné les conditions, tout ce qu'ils entreprenaient comportait bien des risques. Le maître d'équipage venait de remonter à la timonerie. Dès qu'on l'avait relayé à la barre, il était sorti sur le pont avec son marteau pour casser la glace, mais le manche de l'outil n'arrêtait pas de glisser dans sa main blessée. Il alla donc avec le chef mécanicien chercher les bonbonnes de gaz qu'ils hissèrent sur le toit de la passerelle. Le mécanicien brancha le chalumeau tandis que le géant l'attachait avec une corde qu'il fixa au bastingage. Abrité par l'aile de la timonerie, il surveillait les déferlantes tout en tenant la corde. On avait cassé la glace accumulée sur le bossoir arrière de tribord. Le navire se couchait régulièrement sur bâbord comme un iceberg : lorsque la partie émergée de géants de glace devient trop lourde parce qu'ils ont fondu sous la surface, ils se retournent complètement. Le chef mécanicien, ce tout jeune homme, s'allongea sur la glace qui recouvrait le pont des chaloupes et commença à découper le métal sans lunettes et sans masque. La flamme du chalumeau entamait l'acier, il avait l'impression de trancher un morceau de viande congelée à l'aide d'un couteau édenté, mais il progressait tout de même.

De temps à autre, le commandant prenait la mesure de son état d'épuisement. Il avait mal aux genoux, aux hanches, à l'estomac et à la tête. Il savait d'expérience que le tabac était un excellent remède, qu'on le fume ou qu'on le prise. En outre, il gardait toujours son gobelet de café à portée de main pour se maintenir éveillé et aussi lucide que possible. De toute manière, il n'avait pas le choix, il fallait qu'il reste à son poste à côté du transmetteur d'ordre et de ce hublot béant jusqu'à ce que le vent retombe. Il prenait à peine le temps de s'absenter pour aller aux toilettes puis revenait aussitôt scruter les vagues gigantesques. Tout à coup, un bateau apparut à l'horizon, qui naviguait lentement mais avec assurance. Il s'agissait sans doute d'un navire-usine russe venu récupérer le sébaste engrangé par les chalutiers soviétiques pour le transformer aussitôt en huile et en farine de poisson. Il demanda au radio si ça valait le coup d'essayer de les contacter, mais ce dernier n'y parvint pas, il ne connaissait pas leur indicatif d'appel et de toute manière, il n'était pas certain qu'ils comprennent l'anglais, seule langue dans laquelle il pouvait communiquer avec eux. En outre, personne ne savait exactement quel message leur délivrer et il y avait peu de chances qu'ils soient en mesure de venir en aide à l'équipage du *Máfur*. Ils avaient toutefois l'impression que les Russes les avaient repérés, ils croyaient avoir aperçu sur le pont des hommes qui observaient le chalutier islandais ployant sous la glace, dont le bastingage dépassait à peine de l'eau, et que les vagues couchaient sur le flanc. Puis le navire soviétique disparut dans la tempête, laissant le *Máfur* à nouveau seul au monde. Chacun savait qu'il était vital de se débarrasser des bossoirs. Le chef mécanicien découpait le premier depuis plus d'une heure. Certes, il avait dû s'interrompre puisque le maître d'équipage qui surveillait les vagues, abrité sous l'aile de la passerelle, lui avait crié plusieurs fois de venir se réfugier à ses côtés avec son chalumeau en attendant que passe une déferlante. Le chef mécanicien était sur le point d'en terminer avec le premier bossoir. D'ici peu, cette énorme pièce d'acier de deux tonnes allait s'effondrer sous son propre poids. Il faudrait alors que le navire donne de la gîte du côté adéquat de manière qu'elle passe par-dessus bord et ne tombe pas sur le pont, ce qui rendrait leur situation plus désastreuse encore. Le maître d'équipage demanda à un matelot de l'accompagner, ils prirent des planches et la grande barre à mine dont on se servait pour débloquer le taquet enserrant les funes du chalut, tentèrent de trouver un appui pour leurs pieds sur le verglas du pont des chaloupes et, lorsque le navire eut atteint l'inclinaison adéquate, le chef mécanicien coupa au chalumeau les derniers restes de métal. Le géant et le matelot poussèrent alors le bossoir tribord arrière qui céda, se précipita dans la mer bouillonnante, filant vers l'abysse et les sébastes atlantiques. Le chef mécanicien n'aurait pas refusé quelques instants de repos avant de s'attaquer au suivant, mais il n'en avait pas le temps. Sa femme et ses jumeaux nés à Noël dernier l'attendaient à Reykjavík. Il ne voulait pas en faire des orphelins. Ils installèrent donc les bonbonnes et le chalumeau à bâbord et entreprirent aussitôt de couper le second bossoir arrière. Le maître d'équipage passa deux heures de plus à l'abri de l'aile de la passerelle à regarder le mécanicien qui, armé de la flamme bleue du chalumeau, faisait fondre le métal, sauf lorsqu'il devait se réfugier à ses côtés pour éviter une déferlante.

Toute la journée du lundi, les matelots encore en état de travailler continuèrent à lutter contre la glace qu'ils frappaient avec obstination, les mains en feu et le corps perclus de douleurs. Toujours à son poste, le commandant scrutait les vagues derrière le hublot béant et criait à ses hommes de s'agripper ou de rentrer se mettre à l'abri chaque fois que c'était nécessaire. Lárus était à nouveau à la barre, quelque part entre le sommeil et la veille. Certes, il tenait debout et il était capable de manœuvrer le gouvernail, mais le monde qui l'entourait lui semblait irréel, il avait l'impression de flotter dans un rêve, les voix et les sons se paraient d'étranges inflexions et se mêlaient aux bourdonnements qui lui emplissaient les oreilles. Juste avant de prendre son quart au timon, il était passé par la salle des cartes où il avait vu celle du secteur de Terre-Neuve posée sur une table. Tout à coup, il avait eu l'impression que c'en était une autre qu'il avait sous les yeux, celle de la zone où le *Titanic* avait sombré, et qui était reproduite dans ce livre danois ou norvégien que possédait son père. Ou plus précisément, c'était tout à fait la même carte, elle représentait exactement les mêmes eaux et les mêmes côtes à l'ouest : Terre-Neuve, la Nouvelle-Écosse et le Labrador. Debout à la barre, il flottait dans un autre monde, il ne savait plus vraiment sur quel navire il naviguait, il se disait qu'à tout moment, il était susceptible de couler vers le fond de l'océan où reposait l'épave du célèbre paquebot qu'il serait alors peut-être le premier homme à pouvoir contempler de ses yeux, avant de se noyer dans ces eaux glaciales. Il continuait pourtant de voguer vent debout, à la perfection, c'était capital, se disait le commandant. Le premier lieutenant n'était plus seul dans la cabine sous le gaillard d'avant. Il était toujours allongé sur la couchette inférieure, mais on avait installé sur celle d'en haut un matelot qui n'était plus en mesure de travailler, tant physiquement que mentalement. Ce dernier s'était couché sur une banquette de la cantine, tremblant comme une feuille et tenant des propos incohérents. Ses compagnons avaient pensé que puisqu'il devait être allongé, il était aussi simple de l'installer sous le gaillard de manière à rendre la vie plus supportable au premier lieutenant en lui procurant un peu de compagnie. Lorsqu'ils l'avaient emmené, ils lui avaient demandé de veiller sur lui. « Vois-tu, il serait souhaitable qu'il reste aussi immobile que possible. » Mais le nouvel arrivant ne fut pas d'une grande utilité au blessé tant il était déboussolé et, à nouveau, dans la journée du lundi, l'étrave plongea à deux reprises si profondément sous l'eau que les deux occupants de la cabine avaient l'impression d'être submergés. Le bateau tout entier semblait foncer vers l'abîme. Dans cette cabine, tous les bruits se transforment lorsque la proue est entourée d'eau. Chaque fois que le navire plongeait, on entendait la longue plainte déchirante du matelot. Bien que pas très puissante, elle vous perçait les tympans, ce cri interminable ne semblait pas humain. Puis le moteur repartait en arrière toute et parvenait à hisser le navire hors de l'eau, les vagues d'acier claquaient à nouveau contre la proue et le matelot se tordait en gémissements convulsifs sans qu'aucune parole puisse l'apaiser.

Le deuxième bossoir disparut également dans la mer. Le commandant remarqua aussitôt une amélioration dans les capacités du navire. Bien que le premier mécanicien eût passé presque quatre heures à manier son chalumeau dans le froid glacial, éclaboussé par les paquets de mer, ce n'était pas une raison pour se reposer. Il restait deux bossoirs, ceux de l'avant, deux poids énormes toujours alourdis par la glace. Le maître d'équipage et le jeune homme étaient tous deux d'avis qu'il valait mieux s'en délester pendant qu'il faisait encore jour. L'obscurité ne leur faciliterait pas la tâche. Le commandant lui aussi appréhendait la nuit qui, il l'espérait, serait la dernière de cette affreuse tempête. Le bulletin météo avait annoncé une accalmie et un redoux dans la journée du mardi, mais il fallait que le *Máfur* se maintienne à flot d'ici là. Le radio descendit de sa cabine, toujours cravaté. Le commandant lui lança un regard, il hésitait à lui conseiller d'aller se raser et faire un brin de toilette pour être assorti à ses vêtements et parfaire son élégance, mais il s'en abstint. L'opérateur l'informa qu'il avait été en contact avec le *Poséidon* qui les avait localisés et ne se trouvait pas très loin. Il naviguait à vitesse modérée et arriverait sans doute dans la soirée. On s'était maintenant débarrassé du troisième bossoir, ce chef mécanicien était un vrai génie, un génie doublé d'un héros. À nouveau, une épaisse gangue s'était formée sur le gaillard d'avant, mais le commandant se refusait à prendre le risque d'y envoyer des hommes, il l'avait déjà fait une fois et pouvait remercier Dieu de ne pas avoir causé la mort de deux matelots. Le problème des poulies à l'avant de la passerelle n'était toujours pas résolu. La calotte qui les recouvrait menaçait d'atteindre les hublots de la timonerie. Peu importait combien les matelots se démenaient, elle était si épaisse qu'ils l'entamaient à peine. Lorsqu'ils s'étaient préparés à reprendre la mer, dès que les cales avaient été remplies, ils avaient soigneusement bloqué et verrouillé ces poulies. On ne pouvait donc pas les mettre en route dans l'espoir qu'elles parviennent d'elles-mêmes à se libérer de la glace. L'idée avait toutefois déjà effleuré le commandant. Il suffisait peut-être de les faire bouger d'un pouce ou deux pour que la gangue se fissure. Après discussion, il tomba d'accord avec le second qui descendit à la salle des machines pour informer les deux ouvriers mécaniciens. Les yeux rouges de fatigue et la voix rauque, ils répondirent qu'ils pouvaient effectivement tenter la manœuvre. « Qui ne risque rien n'a rien », assura l'un d'eux. Le second pria ensuite trois matelots en état de travailler de le suivre sur le pont et de se tenir prêts à intervenir au cas où la gangue bougerait. Le commandant scruta les vagues avec attention puis cria dans le tube en cuivre et aux hommes sur le pont : « Allez, c'est parti. »

Il y eut d'abord quelques crissements. Tous reconnurent le sifflement des poulies bien qu'il fût étouffé. Brusquement, la gangue de glace grinça, se fissura puis éclata. La salle des machines coupa aussitôt la manœuvre. Les énormes icebergs qui enserraient les poulies tombèrent sur le pont et glissèrent jusqu'au bastingage. Il fallait maintenant les réduire en morceaux plus petits qu'on pourrait évacuer par-dessus bord. Il s'ensuivit un spectacle digne d'une danse guerrière. Tout à coup, le navire se redressa, expédiant au milieu du pont les blocs de glace poursuivis par les matelots armés de leurs outils. Avant qu'ils n'aient le temps de les casser, une vague déferla. Le commandant leur hurla de rentrer se mettre à l'abri. Ils parvinrent finalement à accomplir leur besogne sans que personne soit blessé. Il fallait maintenant se débarrasser de la partie supérieure de cette montagne de glace qui flottait pour ainsi dire en suspens dans les bourrasques, collée au château. L'attaquer par en dessous eût été impossible, mais également dangereux puisqu'on pouvait s'attendre à ce que d'énormes morceaux s'en détachent et tombent sur le pont, risquant d'assommer celui qui les avait brisés. On décida donc d'encorder à la passerelle deux matelots qui l'assiégèrent par le sommet. Ils parvinrent à en casser la majeure partie, puis on réduisit les blocs en morceaux plus petits sur le pont.

Le ciel s'assombrissait. C'était le début d'une autre nuit de tempête. Le chef mécanicien avait fini de couper le dernier bossoir qui venait de tomber à la mer. Il avait travaillé des heures et des heures sans se plaindre. Allongé à la cantine, transi jusqu'aux os, sous toutes les couvertures sèches disponibles, il tremblait comme une feuille, incapable de manger quoi que ce soit. Il avait passé plus de sept heures sur le verglas du pont des chaloupes. Il n'y voyait plus rien, le monde se résumait à une flamme bleue. Un chalumeau qui brûlait et consumait tout ce qui se trouvait sur son passage.

C'est alors qu'ils aperçurent les feux d'un autre bateau : le *Poséidon* venait à leur secours. Ils regardaient ces lumières comme s'ils étaient témoins d'un miracle, comme s'ils voyaient la main de Dieu en action. C'était peut-être ça que les apôtres avaient ressenti en voyant le Sauveur marcher sur l'eau pour les rejoindre. Ils n'étaient plus seuls au monde, sur cette mer déchaînée, malmenés par ces vents mugissants. Les deux navires étaient tout proches, pourtant, les feux du *Poséidon* n'étaient visibles que par intermittence, occultés par les bourrasques saturées de neige. Et chacun des bateaux disparaissait tour à tour dans les creux abyssaux entre les vagues. Les opérateurs radio discutèrent. Tout allait bien à bord du *Poséidon.* Sa ligne de flottaison étant largement au-dessus de la surface de l'eau, ils n'avaient pas à craindre les déferlantes et parvenaient sans peine à endiguer l'invasion de glace. Ils n'avaient en revanche aucune nouvelle du *Harpa* ni des trente hommes à son bord, si ce n'est que plus tôt dans la soirée, ils avaient capté le début d'un message qui ressemblait à un appel de détresse, et qui s'était subitement interrompu. Le *Poséidon* comptait rester à proximité du *Máfur* jusqu'à ce que la tempête retombe. Elle faisait rage depuis maintenant quatre jours et trois nuits, le froid était glacial et la mer démontée, cela ne pouvait pas durer éternellement. Dès qu'elle serait retombée, si Dieu le permettait, les deux navires se suivraient pour gagner des eaux plus tièdes, ensuite, ils rentreraient en Islande. Il fallait évidemment que le *Máfur* se maintienne à flot jusque-là. Ils envisagèrent de tendre un filin entre les deux bateaux de manière à évacuer l'équipage en fauteuil de sauvetage, mais ils y renoncèrent presque aussitôt : la tempête, le roulis et le tangage rendaient ce type de manœuvre impossible. Lárus était toujours à la barre. Bien qu'aussi soulagé que ses compagnons par la présence du *Poséidon* à leurs côtés, une pensée, une question continuait de le hanter : comment ces hommes allaient-ils pouvoir leur porter secours ? Que feraient-ils si tout à coup le *Máfur* chavirait ? Certains se retrouveraient piégés à l'intérieur du navire en perdition, ceux qui étaient sur le pont tomberaient dans l'eau glacée, cernés par la nuit noire et le déchaînement des bourrasques. Que pourraient-ils faire ? Même s'ils savaient qu'un autre chalutier à coque d'acier voguait à cent ou deux cents mètres d'eux. On ne survit que quelques minutes dans une eau à moins de zéro degré. Et il n'y avait plus aucune chaloupe de sauvetage à bord. Il ne restait que les canots en caoutchouc : un à l'avant et l'autre à l'arrière du navire, pliés dans leurs caisses dont le commandant s'était assuré qu'elles soient constamment libres de glace. Mais comment ces frêles embarcations pourraient-elles les sauver ? Le *Poséidon* leur suggéra de se tenir prêts et de les gonfler sur le pont. Les matelots du *Máfur* pourraient s'y précipiter s'ils sentaient qu'ils commençaient à sombrer. Chacun savait cependant que c'était peine perdue : ils seraient incapables de manœuvrer ces canots en caoutchouc sur la mer démontée. Lárus s'efforça de chasser ces pensées, il avait l'impression de vivre un cauchemar éveillé. Il n'avait eu que quelques instants de sommeil depuis trois jours. Rien ne prouvait qu'ils allaient sombrer puisqu'ils avaient jusque-là échappé au naufrage. Et ce, même si le navire mettait un temps interminable à se redresser chaque fois qu'une déferlante venait submerger le pont. Des matelots continuaient de lutter contre l'afflux de glace sur le château. Le martèlement de leurs outils montait jusqu'à la passerelle. La pensée du naufrage revint l'envahir : et s'ils chaviraient, si le bateau se retournait ? Lárus imagina qu'il se précipiterait vers la porte latérale de la timonerie, qu'il y courrait juste avant que le sol ne s'incline à la verticale. Ensuite, il pourrait marcher sur le flanc du navire et jusqu'à la quille qui pointerait encore à la surface de l'eau, cette quille qu'il avait vue récemment et qu'on avait peinte en vert lorsque le *Máfur* avait été mis en cale sèche pour entretien. Ceux du *Poséidon* continueraient évidemment à les surveiller. Ils se débrouilleraient pour venir chercher sur la quille du navire en perdition les matelots qui s'y seraient réfugiés. Mais peut-être n'allaient-ils pas sombrer, la météo avait annoncé une accalmie pour le lendemain matin.

La tempête se calma dès l'aube.

Plus tard dans la journée, ils réussirent enfin à virer de manière à pouvoir naviguer vent arrière. Pour la première fois depuis le vendredi, ils aperçurent les mouettes tridactyles dans le ciel, et lorsque ces oiseaux de tempête apparaissent, nous sommes entre amis. Le *Máfur* et le *Poséidon* voguèrent tranquillement ensemble vers des eaux plus tièdes. De nombreux matelots souffraient d'engelures, la plupart étaient affreusement courbatus. Le plus âgé d'entre eux n'avait pas dormi une seule minute depuis le début de la tempête. Il souffrit pendant le voyage vers l'Islande de palpitations si violentes que ses compagnons craignirent qu'il ne survive pas. Bien qu'il ne connaisse rien d'autre, il décida de ne plus jamais partir en mer. Son épouse était constamment malheureuse, c'était en tout cas son impression. En fait, il y avait longtemps que le couple ne se parlait plus. Ils avaient un fils âgé d'une trentaine d'années qui ne faisait pas grand-chose, il n'avait pas poursuivi d'études, n'avait jamais gardé aucun emploi et préférait musarder avec ses copains qui écoutaient Elvis Presley.

Les matelots ne parlèrent pas beaucoup pendant le voyage de retour. On eût cru qu'ils n'avaient plus rien à dire. Peut-être leur esprit était-il encore tout occupé par cette infernale tempête que personne ne voulait évoquer. Ils étaient vides. Ils ne travaillèrent que peu, s'acquittant du strict minimum à la cuisine et à la salle des machines. Le commandant et le second se relayaient à la passerelle, un autre matelot tenait la barre. Il y avait un divan à l'arrière de la timonerie sur lequel ils s'affalaient régulièrement. Lorsque les lumières de la ville apparurent à l'horizon, plus d'un eut le cœur serré. Lárus eut la gorge nouée en apercevant les feux qui délimitaient le chenal du port, mais il ravala ses sanglots.

Il faisait nuit noire quand le *Máfur RE* atteignit Reykjavík le 15 février à deux heures et demie du matin. Pourtant, la jetée grouillait de gens. Il y avait également une grosse ambulance blanche avec une croix rouge sur chaque côté. Un avion était venu à leur rencontre alors qu'ils approchaient de la côte, simplement pour les voir et obtenir confirmation que le navire était encore à la surface des flots. La bonne nouvelle avait été annoncée au journal du soir à la radio, en même temps qu'une autre, mauvaise, concernant le *Harpa*. Et même si ces gens étaient venus en nombre pour accueillir l'équipage sain et sauf, la foule était silencieuse : plus tôt dans la journée, on avait appris que le *Harpa* était considéré comme définitivement perdu et qu'on mettait fin aux recherches. L'équipage du *Máfur* descendit sur le quai. Il y eut des embrassades et des murmures. Ici et là, on entendait des sanglots. L'épouse du matelot le plus âgé et leur fils étaient venus le chercher dans la vieille guimbarde familiale. Elle avait serré son homme dans ses bras en versant quelques larmes sur son visage. Le fils avait ouvert la portière du conducteur à son père et s'était lui-même installé à l'arrière en calant son genou contre le dossier du siège qui s'affaissait constamment, et le vieux matelot avait pensé : que c'est bon. Les parents de Lárus et son petit frère étaient eux aussi présents. Malgré leur air morne, tout en grisaille, ils étaient beaux. Ainsi s'acheva cette campagne de pêche.

*

Puisque je porte pour ainsi dire le même nom que le *Máfur*[1], il m'a semblé naturel de coucher cette histoire sur le papier. De nombreux matelots maudissaient le commandant en silence ou à voix haute pour nous avoir harassés en ne nous accordant que deux heures de repos toutes les vingt-quatre heures. Plus tard, tous comprirent qu'il n'avait jamais quitté son poste à la passerelle où il était resté quatre jours et trois nuits avec son café et son tabac. Lorsqu'il avait enfin pu aller se coucher, il avait lui-même demandé à deux hommes de l'accompagner pour veiller à ce qu'il ne s'évanouisse pas avant d'at-

1. Le nom du navire, *Máfur* (le plus souvent orthographié *Mávur*, mais également *Már*, qui est aussi un prénom masculin), est le terme générique désignant toutes sortes de mouettes ou de goélands qui appartiennent à l'ordre des *Laridae*, lequel compte tous les oiseaux de type *Larus*.

teindre sa couchette. Nous étions trente-deux à bord, il y avait parmi nous des marins expérimentés et des débutants. Seuls huit d'entre nous eurent le courage de reprendre la mer après ces événements. Les autres, moi compris, se débrouillèrent pour trouver un emploi à terre. En tout cas, cela vaut pour ceux qui étaient encore en état de travailler. Presque immédiatement après notre retour, j'ai commencé à me préparer à écrire cette histoire, même si j'ai attendu de longues années pour mettre ce projet à exécution. Sur le chemin du retour, comme si nous étions amis, j'ai échangé quelques mots avec le maître d'équipage qui partageait avec moi cette cabine que personne ne voulait occuper, et où l'on entendait l'ancre taper contre la coque. Il m'a parlé de cette femme et de sa petite fille qui illuminaient son existence et donnaient un sens à sa vie. Puis lorsque nous avons approché le port de Reykjavík et vu les lumières de la ville, il a mis ses habits du dimanche, sorti sa cravate noire et tout le tintouin, il ne lui restait plus qu'à se parfumer à l'après-rasage. Il a pris le flacon d'Aqua Velva et celui d'Eau portugaise, les a mélangés comme un milk-shake avant de les avaler d'une traite avec force grimaces. Comme tous ceux qui en usent, ce breuvage l'a rendu complètement timbré. Ce n'était pas ainsi qu'il allait séduire les femmes, ou plaire à leurs enfants. Je l'ai rarement revu après notre retour à terre. Il est mort dans la rue, quelques années plus tard. Le rédacteur en chef du *Cahier littéraire* du *Morgunblaðið* dans lequel le géant avait souvent publié des poèmes a écrit sur son compte une magnifique nécrologie, la seule et unique, intitulée *Le Poète de l'ombre*.

Plus de deux cents marins périrent dans la zone où nous pêchions, la moitié d'entre eux sur le Banc des mouettes tridactyles, tandis que nous résistions à toute cette glace qui tentait de nous entraîner vers le fond. Ils ont rejoint les passagers du *Titanic* dans leur sépulture marine : nul ne les verra plus, ils ne verront plus personne. Sauf s'ils ont la chance de remonter à la surface, pris dans le filet d'un chalutier au large de Terre-Neuve.

La chance de revenir, le corps boursouflé, gonflé de l'air accumulé pendant leur ascension depuis l'abîme, avec l'estomac qui leur sortirait de la bouche comme les ouïes des sébastes. La nuit, je me vois parfois moi aussi remonter ainsi avec mes compagnons, piégé dans le chalut.

Cet ouvrage a été imprimé
par CPI Brodard & Taupin
pour le compte des éditions Grasset
à La Flèche (Sarthe)
en février 2021

Mise en pages PCA, 44400 Rezé

PAPIER À BASE DE FIBRES CERTIFIÉES

Grasset s'engage pour l'environnement en réduisant l'empreinte carbone de ses livres. Celle de cet exemplaire est de 500 g éq. CO_2
Rendez-vous sur www.grasset-durable.fr

N° d'édition : 21921 – N° d'impression : 3042785
Dépôt légal : avril 2021
Imprimé en France